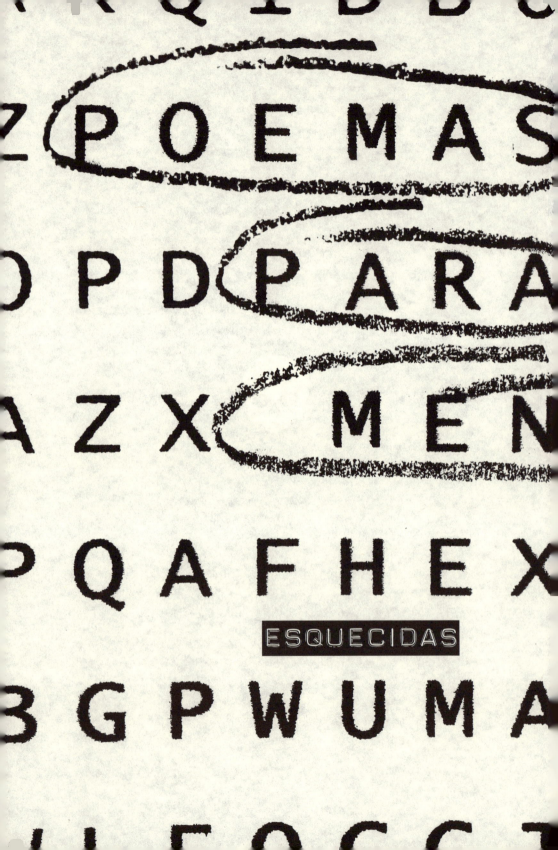

AEY3Z3S

SQAPHHT

AGTEVOC

INAS WU

OGLAFON

NA ESCURIDÃO.

CZOPDFK

CYNTHIA PELAYO

DARKLOVE.

INTO THE FOREST AND ALL THE WAY THROUGH
Copyright © Cynthia Pelayo, 2020

Publicado pela Burial Day Books. Direitos de tradução fornecidos pela The Tobias Literary Agency e pela Sandra Bruna Agencia Literaria, SL. Todos os direitos reservados.

Acervo de imagens © Adobe Stock,
© Alex Grigors, © Freepik

Tradução para a língua portuguesa
© Fernanda Castro, 2024

Diretor Editorial
Christiano Menezes

Diretor Comercial
Chico de Assis

Diretor de Novos Negócios
Marcel Souto Maior

Diretor de Mkt e Operações
Mike Ribera

Diretora de Estratégia Editorial
Raquel Moritz

Gerente Comercial
Fernando Madeira

Gerente de Marca
Arthur Moraes

Gerente Editorial
Marcia Heloisa

Editora
Nilsen Silva

Capa e Projeto Gráfico
Retina 78

Coordenador de Arte
Eldon Oliveira

Coordenador de Diagramação
Sergio Chaves

Preparação
Flora Manzione

Revisão
Jéssica Reinaldo
Maíra Ferreira
Retina Conteúdo

Finalização
Sandro Tagliamento

Impressão e Acabamento
Gráfica Santa Marta

DADOS INTERNACIONAIS DE CATALOGAÇÃO NA PUBLICAÇÃO (CIP)
Jéssica de Oliveira Molinari CRB-8/9852

Pelayo, Cynthia
　Poemas para meninas esquecidas na escuridão / Cynthia Pelayo; tradução de Fernanda Castro. — Rio de Janeiro : DarkSide Books, 2024.
　144 p.

　ISBN: 978-65-5598-388-3
　Título original: Into The Forest and All the Way Through

　1. Poesia porto riquenha 2. Crimes reais
　I. Título II. Castro, Fernanda

24-1485   CDD Ou861

Índice para catálogo sistemático:
1. Poesia porto riquenha

[2024]
Todos os direitos desta edição reservados à
DarkSide® Entretenimento LTDA.
Rua General Roca, 935/504 — Tijuca
20521-071 — Rio de Janeiro — RJ — Brasil
www.darksidebooks.com

CYNTHIA PELAYO

POEMAS PARA MENINAS ESQUECIDAS NA ESCURIDÃO.

Tradução
Fernanda Castro

DARKSIDE

SUMÁRIO

Prefácio .9

ESTOU COM MEDO

Não se Esqueça de Mim .14
Cartaz de Pessoa Desaparecida .15
Não Posso te Ligar .16
Eu Caminho, Alguém Espreita .17

ESTOU DESAPARECIDA

Poucos Minutos Após Uma da Manhã .21
Uma Bala no Caminho .22
Quatro Cantos .24
A Busca Continua: Anotações
    de um Blog .25
As Notícias Desvanecem com o Tempo .27
Você Sempre me Observou .28
O Sol se Ergue na Noite .29
A Ruína de um Futuro Médico .30
Longe de Malibu, ao Longo
    da Canyon Road .32
Os Demônios com Quem Você Mora .33
Perguntas Não São Respostas .34
Irreconhecível .35
Não Conheço Mais o seu Rosto .36
Dama do Lago .37
Espiando pela Persiana .38
Menos Abrigada do que em Casa .40
Você Não Está Vendo,
    Estou Bem Aqui .42
Ativista .43
Na Cidade a Trabalho .45
Tempo Não Contabilizado .46
A Cidade Toma a Menina .47
Não me Abandone Ali .48

As Falésias de Hakalau .49
Ondas Quebrando .50
Depósito na Estrada .51
As Meninas de Pocatello .52
Princesas da Zona Sul .53
Anjo de Neve .54
Colina Abaixo .56
Linha do Tempo de um
    Desaparecimento .58
Uma Leva de Três .60
Universidade Estadual
    de Iowa .62
Cante para Nós uma
    Canção de Ninar .64
Dormindo Fora .65
Movimento Através de
    um Telescópio .66
A Floresta Sabe Quem Foi .67
Estou Chegando .68
Os Campos Não Resolvem
    Nada .69
O Culpado Permanece
    em Silêncio .70
Candidata em um Concurso
    de Beleza no Maine .71
Prédios Abandonados .72
Sem Sucesso, Sem Rendição .73
Carona com Demônios .74
Silêncio Entre Suas
    Paredes .75
Coisas da Infância .76
A Luz do Posto de Gasolina .77
A Confiança Entre Amigas .78
Aposentadoria
    Desempoeirada .79
Sete da Má Sorte .80
Motor Silencioso .81
Olhos de Corça .82
Que Quantia É Suficiente? .83
Jovem Desaparece, Polícia Não
    Consegue Encontrá-la .84

Missionários Brasileiros .85
Por que Ninguém te Levou
   para Casa? .86
Só Perguntas, Nenhuma
   Resposta .87
Parecidas .88
O Jornal Sangra .90
Um Dia no Parque .91
Mãe da Magia .92
A Foto Trouxe Esperança .93
Tão Perto de Casa .94
Nana Neném .95
A História de uma Menina .96
Ela Saiu da Estrada .97
Estou Saindo para um Passeio .98
Ela Era Minha Amiga .99
Sem Dinheiro para
   Encontrar Você .100
Dia no Escritório .101
Mensagem para Você .102
Ela se Mantém Firme
   no Bosque .103
Meu Dia dos Namorados .105
Amoreiras .106
Menina dos Olhos de Maçã .107
Morada Amarga .108
Cacos de Informação .109
Ele Comprou um Pônei
   para Você .110
Canção da Ilha .111
Jogue Fora as Palavras .113
Bússola .114
Juiz Rejeita Acusações
   de Homicídio em Caso de
   Menina Desaparecida .115
Desconhecida Alvejada .116

O que Poderia Ter Sido .117
Soldado de Primeira
   Classe .118
Aprisionada em Âmbar .120
Disfunção Familiar .121
Vítima do Serial Killer
   da América .122
Precisamos Ver Você .123
U.S. Highway 29 .124
Uma Mãe Não Consegue
   Seguir em Frente
   Sem Você .125
Ouça os Pinos Caindo .126
Jornada Espiritual .128
O Cheiro dos Pneus
   Queimando .129
Rainha do Baile .130
Sonhos ao Volante .131
Outras Mais .132
Depois me Conta o que
   Viu Lá em Cima .133

ESTOU AUSENTE

Uma Mulher Racializada
   Desaparece, em Três
   Atos .136
Eco .140

Sobre a autora .143

(PREFÁCIO*)

Cara pessoa leitora,

Tenho passado minhas noites na companhia de mulheres desaparecidas e assassinadas, mais de uma centena delas. Eu as convidei para entrar na minha casa e no meu coração. Permiti que me contassem suas histórias por meio de anúncios desbotados sobre pessoas desaparecidas e sites que seus familiares e amigos mantêm no ar como lembrança delas. Esses sites servem como um farol, uma fagulha de esperança de encontrar na escuridão alguém disposto a apresentar informações úteis aos investigadores.

Nestas páginas, há mulheres representando cada estado dos Estados Unidos. São bebês, meninas, adolescentes, mulheres adultas e idosas. Muitas eram estudantes, mães, mulheres com carreiras e sonhos — e, em um instante, tudo se perdeu. Muitos dos casos seguem em aberto ou sem solução. A maioria das mulheres nestas páginas não foi encontrada. Não há restos mortais que possam ser entregues à família para um funeral ou para um desfecho e um adeus. Em diversos casos, os pais destas mulheres morreram sem saber o que houve com elas.

Para muitas, há especulações quanto ao que aconteceu. Com frequência, o último indivíduo a ver a mulher com vida é o principal suspeito. Pode ser que algumas tenham esbarrado por acaso com um serial killer. Para outras, acredita-se que o namorado, marido, pai ou algum outro homem próximo saiba o que houve com elas. E, é claro, existem casos em que essas mulheres podem de fato ter se perdido em oceanos, lagos ou florestas.

No fim das contas, podemos apenas especular o que acontece quando alguém desaparece. Às vezes, há pistas espalhadas pela cena do crime como se fossem migalhas de pão — sangue, cordas, carros abandonados, peças de roupa e muito mais. Em outros casos, não há nenhum vestígio.

É uma situação devastadora para os amigos e familiares que perderam essas mulheres. As pessoas abandonadas sem respostas muitas vezes ficam em frangalhos, vivendo com medo, oprimidas pela preocupação e pela ansiedade, frequentemente incapazes de seguir levando uma existência normal sem a mulher que tanto amavam. Muitos são torturados para sempre pelos próprios pensamentos, revivendo o dia, a hora e o minuto em que foram avisados sobre o desaparecimento da pessoa amada e ficam se perguntando o que poderiam ter feito de diferente, se é que isso teria sido possível. Essa dor, esse luto pelo desaparecimento, é agonizante porque, para muitos, nunca haverá respostas, apenas uma vida inteira de questionamentos desesperados.

Antes de partir rumo à floresta, deixo você com mais algumas reflexões. Estamos vivendo uma crise silenciosa, a crise de mulheres desaparecidas e assassinadas em nossa sociedade. Existem milhares de mulheres desaparecidas nos Estados Unidos. Existem milhares de mulheres que foram assassinadas, mas cujos casos foram ignorados, esquecidos, arquivados. No caso de mulheres racializadas, trata-se de uma epidemia. Mulheres latinas, negras, asiáticas e sobretudo indígenas desaparecem em taxas muito mais altas do que a população em geral. Sabemos o nome disso.

Não sou capaz de enfatizar o suficiente. Sabemos o nome disso. O desaparecimento de tantas mulheres a cada ano, ano após ano, década após década, significa que sabemos o nome disso.

Precisamos permitir que nossas mentes rastejem até cantos escuros a fim de imaginar o que acontece com essas meninas e mulheres quando são raptadas. Muitas são assassinadas de imediato. Muitas são estupradas e depois assassinadas. Muitas são traficadas. Isso significa que estamos vivendo entre pessoas que sequestram, estupram e assassinam mulheres, e devemos ter medo de que tais predadores e assassinos estejam vivendo entre nós, na casa ao lado, conosco.

Para cada poema, incluí informações básicas do caso sobre o qual escrevi, bem como o número de telefone da agência investigadora. Se você souber de alguma coisa, se ouviu muito tempo atrás uma história de algum parente que soa familiar, que possa ser uma pista, ligue para alguém.

Essas mulheres merecem descanso e paz, e as pessoas que as tiraram de nós merecem ser punidas. Espero que esta coletânea de poemas chame atenção para crimes que são muito verdadeiros e possa levar à descoberta do destino de algumas destas mulheres. Além disso, justamente hoje, o dia em que estou publicando esta coletânea, um suspeito pelo assassinato de uma dessas mulheres foi preso; um padrasto, um homem que, por quase vinte anos, foi suspeito de matar a enteada. A justiça às vezes demora, mas pode acontecer.

Cynthia "Cina" Pelayo

(ESTOU
COM
MEDO

(01. *)
-
-
-

Pela floresta e pela escuridão, peço que siga minha voz
Atravessando o riacho, cruzando as colinas,
    você encontrará um bosque
Desconhecido para muitos, perdido no tempo, e,
    escondido atrás de um galho desfolhado,
Um novelo de barbante, uma ponta de cigarro,
    uma polaroide amassada, você ouve um riso abafado
Folhas esmagadas, o pavor apunhala suas entranhas,
    e sua respiração
Ah! Sua respiração, presa na garganta, e você
Cai até o fundo, em um buraco escondido ali há tempos, e agora
Você está dentro do solo, sentindo cheiro da terra úmida e dor, e
Quando você escuta a voz dela, confronta todo o terror
    que ela comporta
Diante de você, uma menina que não é mais menina, uma garota que
    é só osso e musgo
Com folhas emaranhadas dentro das órbitas, esticada
    até o osso de um dedo
Apontando para cima e para você, e você escala o rochedo
E as pedras, e ela diz adeus, implorando, suplicando
    para que você consiga chegar
Em casa, sã e salva.

(02. *)
\-
\-

CARTAZ DE PESSOA DESAPARECIDA

O cartaz de pessoa desaparecida não tem seus olhos
Seus olhos estavam em minhas mãos naquele dia, mas não mais
Falei com o vento e com as árvores ontem à noite, perguntando
Se tinham visto seu rosto, mas não tive resposta, então eu soube
Talvez seus lábios estivessem selados, a beijar
Um céu dourado, subi as escadas e bati nas portas, torcendo
Para encontrar sua voz, mas nenhuma das maçanetas cedeu
E assim o carro me levou por estradas e avenidas, por alamedas
Atravessando lugares onde você pulou corda e dançou,
      e eu estiquei
Meus dedos na brisa, esperando poder roçá-los
No seu cabelo, mas você não estava lá e você não estava aqui,
      e estou me
Esquecendo de lembrar do seu cheiro, eles estão se esquecendo de
Lembrar do seu nome, por isso vou caminhar, subir montanhas e
Seguir na estrada, para que sua foto nunca desbote.

(03. *)
—
—

NÃO POSSO TE LIGAR

Antes do celular, você precisava confiar que eu
        seguiria minha rota
De manhã, à noite, após o treino, depois do trabalho, eu seguiria
Destrancaria a porta, trancaria a porta, e ficaria à sua espera
O telefone estava na parede da cozinha, no balcão da cozinha,
        na mesa do corredor, à espera
Aquele único fio, minha conexão com você, para dizer que eu
Estou em casa, estou segura, estou fazendo o dever de casa,
        estou vendo televisão
Linhas telefônicas seriam cortadas do lado de fora,
        os cabos puxados, descascados, arrancados
Na casa, telefones seriam arrancados do suporte,
        amassados, destruídos
Pedacinhos de plástico e cacos de esperança espalhados
        pelo piso, e fios como tripas
Penduradas ao ar livre, ao meu redor, sabendo que,
        a qualquer momento, eu estaria assim
Também.

(04. *)
—
—

EU CAMINHO, ALGUÉM ESPREITA

O homem anda muito perto atrás de mim
O homem do outro lado da rua para e sorri
O homem no carro diminui a marcha
O homem na parada de ônibus quer saber o meu nome
O homem no mercado pergunta onde eu moro
O homem na igreja encosta no meu ombro
O homem na escola me chama ao seu escritório
O homem na bicicleta para na minha frente
O homem no estacionamento pergunta se preciso de carona
O homem na caminhonete estaciona diante de mim
O homem segue meus passos, bate na porta
O homem espia pela janela e diz
Estou vendo você.

(ESTOU
DESAPA-
RECIDA

POUCOS MINUTOS APÓS UMA DA MANHÃ

(05. *) Postos de gasolina em rotas de viagem
— São lugares intermediários, os
— Triângulos das Bermudas das nossas
— Estradas, pontos de fadiga e
Ar fresco, e faróis amarelos
Bombas de gasolina, para—brisas
Cobertos de insetos voadores e manchas
De óleo. Ela ligou. Ela chegou a ligar
Poucos minutos após uma da manhã
A voz era real, e ela estava
Tão perto que dava para sentir os braços
Envolvendo os seus ombros,
Ver o sorriso iluminando o rosto
E ouvir a voz dela
Contando sobre aquela viagem. Torres
De telefonia triangularam o celular dela
Às 3h36, na direção oposta
Você se perdeu? A estrada
Ficou sinuosa, redirecionando
Você para o ermo do matagal?
Onde encontraram seu carro, alojado
Na lama, suas malas, celular,
Tablet, as guloseimas que comprou
No posto — tudo como se nunca
Tivesse acontecido. Sua irmã e seus filhos
Ainda lembram. Sua sobrinha posta sua foto
na internet e diz para desconhecidos
Que ainda reza.

Case No. _____   Nome: Shari Christine Saunders
Type of offense ____   Desaparecida em: Evergreen, Alabama
Description of evidei   Raça e/ou etnia: Caucasiana
____ _____   Idade ao desaparecer: 67 anos
Suspect _____   Desaparecida desde: 2018
Victim _____   Agência investigadora: Gabinete do Xerife do
Condado de Escambia, +1 (251) 368—4779

UMA BALA NO CAMINHO

(06. *) Era perto de casa
Uma compra rápida
— De bala e refrigerante
— Quando o tempo passou
Os pais passaram horas
Procurando. A polícia
Considerou uma fuga
Por que tantas
Jovens racializadas
São tidas
Como fugitivas
E os adultos
Não ficam alarmados por
Elas não estarem em casa?
Quantas horas
Desperdiçadas quando
Poderiam estar fazendo buscas?
Quantos dias
Perdidos quando poderiam
Ter examinado
Sondado, questionado
Varrido as ruas
Virado do avesso
De uma ponta a outra, e agora
Não temos
Testemunha, nem filmagem
Tudo que temos é um
Vazio no
Espaço que ela
Deveria ocupar.

	Case No. _____ Inventory
	Type of offense _____
	Description of evidence _____
	_____
	Suspect _____
	Victim _____
	Date and time of recovery ___

Nome: Kimberly Nicole Arrington
Desaparecida em: Montgomery, Alabama
Raça e/ou etnia: Negra
Idade ao desaparecer: 16 anos
Desaparecida desde: 1998
Agência investigadora: Departamento de Polícia
   de Montgomery, +1 (334) 241-2790

QUATRO CANTOS

(07. *)
Chegou na casa da mãe em um dia frio de doer, sem casaco
A mãe a vestiu, dando roupas quentes pois, embora ela
Não fosse mais uma menininha, ela era uma menina, sua
       menina, e nas feições
Daquele rosto adulto, ainda via os traços daquela que um dia
Fora sua bebê, para sempre sua bebê, não importava a idade ou
       marco da vida que
Sua menina havia alcançado. A irmã deu carona até um lugar,
       um cruzamento
De esquinas, e ela foi vista caminhando na direção de dois
       homens. Eles
Se conheciam? Se cumprimentaram? Houve medo ou alegria?
       Eram
Amigos? Você comentou com o seu pai que achava estar sendo
       seguida
Por alguém que a espreitava. A paranoia se transformou em
       realidade
Naquele dia. Semanas se passaram. Pratos sujos empilhados
       na pia. Leite estragado,
Queijo mofado. Matéria orgânica apodrecendo. Sua família
       achou que um dia
Você fosse aparecer, mas o sol se ergueu e a lua seguiu seu
       curso,
Dias e meses, então eles souberam que estava na hora.
       Comunicaram seu
Desaparecimento. Disseram que você confiava nas pessoas, era
       simpática e generosa. Foi isso o que aconteceu no dia em
       que sua irmã te deu carona? Teria
A crueldade sufocado a sua gentileza? Sua filha ainda liga
       para você todos os dias, Mesmo sabendo de que
       não será atendida.

Nome: Tracy Lynn Day
Desaparecida em: Juneau, Alasca
Raça e/ou etnia: Indígena norte-americana, caucasiana
Idade ao desaparecer: 43 anos
Desaparecida desde: 2019
Agência investigadora: Departamento de Polícia
      de Juneau, +1 (907) 586-0600

(08. *)

A BUSCA CONTINUA:

ANOTAÇÕES DE UM BLOG

AGOSTO DE 2012

Família e comunidade solicitam ao
Departamento de Investigação do Alasca
que Conduza uma investigação séria sobre o
desaparecimento em Granite Creek
Onde ela foi vista pela última vez
acampando com o namorado.
Ele disse que discutiram e ela saiu andando
floresta adentro por volta da meia-noite,
deixando o celular e outros pertences. Ele
só comunicou o sumiço quatro dias depois.

SETEMBRO DE 2012

O Departamento de Investigação do Alasca
coordenará a investigação. Membros
Da família voltaram a Granite Creek para
continuar a busca. O irmão dela percorreu
quilômetros de barco. A busca com o
helicóptero foi adiada devido à chuva.

OUTUBRO DE 2012

Haverá uma busca no perímetro da área de
camping de Granite Creek
Onde ela foi vista pela última vez. A
família procurará a pé e também com
quadriciclos, barcos e veículos aéreos.

NOVEMBRO DE 2012

O 501º Regimento da 1ª Divisão de Infantaria
soube do caso e se ofereceu para ajudar na
busca.

DEZEMBRO DE 2012

Ela já está desaparecida há mais de cinco
meses. A família continua procurando
Ativamente. Durante a busca, duas peças de
roupa foram encontradas.

2013
Quase um ano desde que ela desapareceu. As
nevascas de inverno minguaram. A família
Continua a busca. O pai dela não desiste de
procurar.

2014
A família agradece a todos pela busca
contínua e também àqueles que mantêm
Viva a memória dela. Esperamos encontrá-
la. Além disso, houve uma confusão com o
Local da busca. Moose Pass e Granite Creek
ficam a cinquenta quilômetros de distância
um do outro.
Ela desapareceu na área de camping de
Granite Creek.

Nenhuma atualização no blog desde 2014.

ase No. _____
ype of offense _____
escription of evider

_____

uspect _____
ctim _____

Nome: Valerie Jeanette Sifsof
Desaparecida em: Anchorage, Alasca
Raça e/ou etnia: Indígena norte-americana
Idade ao desaparecer: 43 anos
Desaparecida desde: 2012
Agência investigadora: Tropas Estaduais
        do Alasca, +1 (907) 783-0972

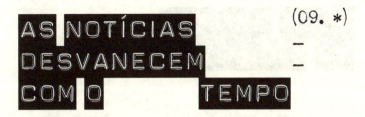

(09. *)
—
—

As autoridades não conseguem nos dizer como ela morreu
Nenhuma roupa ou item pessoal foi encontrado
Com os restos. É assim que eles nos chamam
Depois de termos sido carne e sangue, restos,
O que resta. A causa da morte foi então
Documentada e registrada como indeterminada
Um andarilho a encontrou a um quilômetro e meio de onde
Ela fora vista pela última vez, em uma área chamada Picture
Rocks, e como alguém poderia imaginar que
Sua filha seria encontrada como uma pilha de escombros?
A mãe quer deixar bem claro, sua
Filha jamais sairia andando para o deserto
Sozinha, uma mulher de quase quarenta anos com a cognição
Mágica de uma criança de oito, e a mãe
Estava apenas tomando uma ducha rápida, e
Você estava sentada na varanda, e naquele
Instante se foi, mas nunca iria
Sair de casa por conta própria. Podemos apenas supor,
Fazer conjecturas. Somente preencher as lacunas
Do silêncio, do sumiço.

Nome: Sarah Galloway
Restos mortais encontrados em: Condado de Pima, Arizona
Raça e/ou etnia: Caucasiana
Idade ao desaparecer: 38 anos
Status do caso: Sem solução
Agência investigadora: Departamento de Polícia
    do Condado de Pima, +1 (520) 351-4600

VOCÊ SEMPRE ME OBSERVOU

(10. *)   Seu pai alegou que você havia fugido de casa.
Mais tarde, descobrimos que ele havia ido te buscar
—   No último dia em que você foi vista, e na manhã seguinte
—   Não houve perguntas sobre onde
Você estava. Não houve pânico.
Equipamentos de vigilância pontilhavam a
Casa. Câmeras revelavam sua vida
No seu quarto, e até mesmo no seu trabalho
Ele filmava. Pouco depois de você ter sido vista pela última
        vez,
Seu pai vendeu os dois caminhões. No
Dia em que você desapareceu, o sistema de segurança da
        propriedade
Falhou. Para um homem que gravava cada passo e
Cada movimento, cada palavra dita por você em sua casa,
Não parece coincidência que, no dia em que você desapareceu,
As câmeras tenham falhado?
Não é suspeito?
Ele tratou sua partida abrupta como
A de uma adolescente fugindo para a Califórnia
Em busca de sonhos ensolarados. Depois que ele
Saiu da prisão, onde cumpriu pena por outros crimes
Além do seu, ele sorriu na cara da sua
Irmã e rosnou: "Quem sabe, no leito de
Morte... Te darei as respostas honestas
que tanto quer ouvir".

Case No. _____
Type of offense ____
Description of evider

_____

Suspect _____
Victim _____

Nome: Alissa Turney
Desaparecida em: Phoenix, Arizona
Raça e/ou etnia: Caucasiana
Idade ao desaparecer: 17 anos
Desaparecida desde: 2001
Agência investigadora: Departamento de Polícia
        de Phoenix, +1 (602) 262-6011

(11. *)
—
—

Ela saiu do trabalho no horário em que muitos acordam, com o
     nascer do sol
E a luz da aurora. Foi deixada em uma esquina por uma
Colega e, um mês depois, seu carro abandonado foi
Encontrado estacionado do lado de fora de uma sex shop, os
     faróis
Apagados e silenciosos. Um dia antes de ser vista pela última
     vez, ela
Contou à mãe que talvez estivesse grávida, que o marido
Ficaria descontente. Um filho pequeno era tudo que eles tinham
E tudo que ele queria ter, nada mais. Tudo ficou
Para trás, incluindo aquele filho. O próprio pai o abandonou
Apenas dois anos depois, fugindo do país, desertando
A memória de uma esposa que trabalhava enquanto todos nós
     estávamos
Dormindo, e que se desintegrou sob o glorioso brilho dourado
     dos
Raios de sol quando nossos olhos se abriram.

Nome: Lisa Dianne Jameson
Desaparecida em: Chandler, Arizona
Raça e/ou etnia: Negra
Idade ao desaparecer: 23 anos
Desaparecida desde: 1991
Agência investigadora: Departamento de Polícia
     de Gilbert, +1 (480) 508-6500

A RUÍNA DE UM FUTURO MÉDICO

(12. *)

—

—

O trabalho era administrativo, dando suporte
Às creches domiciliares do médico
Depois do trabalho, sua família vinha buscar você,
    mas naquela noite sua mãe pegou
No sono e, daquele sono, ela acordou
Para uma nova vida, perdendo o horário
Combinado para buscar a filha, e ele disse que você
    saiu da casa
Por conta própria às 20h30, mas sua
Mãe sabia, todas as mães sabem
Os passos dos seus filhos, seus
Movimentos espelhados se desenrolando
Apenas trinta minutos depois, eles ligaram
Para a polícia, que se recusou a procurar você
Uma adulta, disseram, que tem todo o direito
De desaparecer, de ser engolida por um poço
Recusaram-se a considerá-la uma pessoa desaparecida
Por um dia e uma noite, eles esperaram
Ainda esperam, outro dia, outra
Noite, o médico se recusou a usar o polígrafo
A polícia achou tal recusa estranha?
Quase vinte anos depois, quase
Duas décadas eles levaram para
Escavar, quebrar, rasgar e vasculhar as
Paredes da casa dele. É claro, tudo
Testou negativo, dezessete anos é
Tempo suficiente para limpar qualquer partícula
De sangue, para desfazer todas as evidências de
Um crime.

Case No. _____ Inventory #
Type of offense _____
Description of evidence _____
_____
Suspect _____
Victim _____
Date and time of recovery _____

Nome: Cleashindra Denise Hall
Desaparecida em: Pine Bluff, Arkansas
Raça e/ou etnia: Negra
Idade ao desaparecer: 18 anos
Desaparecida desde: 1994
Agência investigadora: Departamento de Polícia
    de Pine Bluff, +1 (870) 543-5111

LONGE DE MALIBU, AO LONGO DA CANYON ROAD

(13. *) Os clientes do restaurante contaram que
              ela agia de forma errática
— O garçom disse que ela se recusou a pagar a conta, e sua carteira
— Foi encontrada mais tarde no carro. A polícia veio, e ela foi
Detida por algumas horas, sendo liberada na manhã seguinte
Seus restos mortais foram encontrados um
              ano depois, entre galhos
E membros partidos, terra úmida, e fomos deixados com
Perguntas que se acumulam em nossas gargantas,
              querendo saber por que você
Foi liberada de uma delegacia, confusa
E sozinha, quem te levou para longe da sua família e da sua
Vida, encolhida no leito de um rio, mumificada, gritos
Foram ouvidos ali apenas alguns dias
              depois de você desaparecer,
Evidências adulteradas, ossos recuperados, por que os delegados
Levaram você embora antes que um legista
              ou outro oficial chegasse?
Desamparo na cena, roupas surradas e em retalhos e
Espalhadas, e ninguém pensou em vasculhar o rancho
Isolado nas proximidades, famoso por
              produzir pornografia, grafite
Latas de tinta e pincéis recém-usados foram encontrados
Palavras de ódio e ofensas racistas
              cobriam as paredes rochosas.

Nome: Mitrice Lavon Richardson
Desaparecida em: Malibu, Califórnia
Raça e/ou etnia: Negra
Idade ao desaparecer: 24 anos
Ano de desaparecimento: 2009
Status do caso: Restos mortais encontrados
Agência investigadora: Departamento de Polícia do
       Condado de Los Angeles, +1 (818) 878-1808

OS DEMÔNIOS COM QUEM VOCÊ MORA

(14. *) A mamãe e o papai mandaram não falar nada,
    senão os demônios e vampiros
— Que nos habitam iam romper nossa pele e assumir o controle
— Da fumaça que entrava na boca da mamãe e do papai, eles falavam
Sobre possessões e espíritos, purificados
    apenas por um coquetel de alvejante
Consumido diariamente, as costas queimadas,
    os pés queimados, isqueiros
E vislumbres de uma garotinha pálida no chão, flácida e fria
A distorção doentia de pais que ingeriam veneno, dizendo
Serem as crianças que precisavam de purificação
    em vez deles, monstros
Adictos a vícios, culminando em um armário
    com uma serra de poda
Incinerada na lareira da família, os
    vestígios espalhados ao longo
Do rio Sacramento. Um ano de abuso se seguiu, e foi só
Quando uma professora encontrou queimaduras químicas
    em minha pele que
Pude finalmente contar a história da irmãzinha que tive e dos
Demônios que a jogaram fora e me disseram
    para nunca contar nada a ninguém.

No. _____
of offense ____
ription of evider
_____
ect _____
n _____

Nome: Alexia Anne Reale
Desaparecida em: Elk Grove, Califórnia
Raça e/ou etnia: Asiática, miscigenada
Idade ao desaparecer: 5 anos
Desaparecida desde: 1997
Agência investigadora: Gabinete do Xerife do
    Condado de Sacramento, +1 (916) 443-4357

(15. *)
–
–

PERGUNTAS NÃO SÃO RESPOSTAS

O veículo passou por perícia, mas nenhum indício de
Crime foi encontrado. Não é sinal de crime que o carro
Tenha sido encontrado do outro lado da cidade onde esta jovem
Mãe morava? Não é sinal de crime que uma jovem
Mãe tenha saído para visitar o filho hospedado
Na casa do pai, a apenas alguns quarteirões de distância,
E que não tenha voltado, nem nunca mais sido vista?
Agora essas três crianças conhecem o território das
Perguntas, o vazio das respostas e
A decepção de quando a campainha
Toca ou o telefone vibra em suas mãos
E nunca é a mamãe.

se No. _____
e of offense _____
scription of evider

_____

pect _____
im _____

Nome: Nicholle Rae Torrez
Desaparecida em: Denver, Colorado
Raça e/ou etnia: Latina
Idade ao desaparecer: 27 anos
Desaparecida desde: 2006
Agência investigadora: Departamento de Polícia
  de Denver, +1 (720) 913-6911

IRRECONHECÍVEL

(16. *)

—
—

Encontrada na área de camping Rainbow Falls
Não havia pote de ouro no fim desse arco-íris
brilhante e multicolorido, mas sim uma mulher
Morta dois ou três dias antes, a cabeça
Aberta ao meio sob a copa das árvores na
Floresta Nacional de San Isabel. Foi encontrada
Usando uma camisa preta de manga curta da
Harley Davidson e algumas joias. O resto estava
Descoberto. Descartado. O colar que
Jazia em seu pescoço era de cristal escuro
Com um mago segurando um pingente de olho-de-tigre
Acredita-se que a pedra tem o poder de
Libertar do medo e da ansiedade,
De auxiliar na tomada de decisões, no discernimento e na
Compreensão. Talvez essa pedra tenha libertado
Você de qualquer temor naqueles momentos finais
De violação, talvez a pedra possa irradiar
Essa energia para alguém, qualquer um capaz de
Desvendar o segredo dos seus últimos momentos
Você não está mais no chão, onde foi
Descartada com ódio. Você foi depositada
Na terra com carinho, e a
Placa no seu túmulo de indigente diz:
"Desconhecida".

No. _____ Invento
of offense _____
:ription of evidence___

_____
ect _____
m _____
and time of recovery__

Nome: Desconhecido
Restos mortais encontrados em: Condado
        de Douglas, Colorado
Raça e/ou etnia: Caucasiana
Idade ao desaparecer: entre 13 e 25 anos
Descoberta em: 1993
Status do caso: Sem solução
Agência investigadora: FBI, +1 (800) 634-4097

NÃO CONHEÇO MAIS O SEU ROSTO

(17. *)   Encontrada cinco dias depois de
          Morrer, flutuando em uma vala
—   Atrás de uma loja de
_   Departamento, será que alguém comprando
          Sapatos ou camisas, roupinhas
          De bebê ou meias, sabia que,
          A alguns metros de distância, a água cheia de
          Lixo embalava o corpo nu
          De uma mulher envolta
          Em lona, coberta de tinta
          Branca? Amordaçada e amarrada
          Com um fio de antena
          Enrolado no pescoço,
          Na cintura e nos joelhos, nadando
          Em meio aos detritos, morrendo asfixiada
          A única coisa no corpo dela
          Eram brincos de argola de prata
          Incapazes de protegê-la e de
          Mandar embora o monstro que tirou a vida
          Dela.

Case No. _____   Nome: Desconhecido
Type of offense ____   Restos mortais encontrados em: East Haven, Connecticut
Description of evider   Raça e/ou etnia: Caucasiana
_____ _____   Idade ao desaparecer: entre 18 e 28 anos
Suspect _____   Descoberta em: 1975
Victim _____   Status do caso: Sem solução
                   Agência investigadora: Departamento de Polícia
                        de New Haven, +1 (203) 946-6316

DAMA DO LAGO

(18. *)   Uma foi encontrada com a cabeça decepada,
—   Os braços cortados e removidos. Flutuando no
—   Columbia, a Dama do Lago, o anjo
          Arruinado, mãe e divindade, mãe e
          Filha, e era mesmo sua filha, sua
          Menininha, sua xará, com quem
          Você foi vista pela última vez indo até a loja com apenas
          Dez dólares no bolso, apenas o suficiente para
          O leite e as fraldas das suas crianças, e vocês
          Foram vistas conversando com ele, um
          Ex-namorado, ex-amado, e certa vez
          Houve uma época boa, de beijos suaves e mãos
          Dadas, foi por isso que levaram suas mãos?
          Para apagar qualquer prazer que seu corpo possa
          Ter sentido? Quem você chama quando
          O suspeito de decapitar sua mãe
          E cortar os braços dela é um antigo
          Policial? Em quem se confia quando ainda estamos
          Procurando por você no fundo do lago?

No. _____ Invent(Nome: Rosa "Rosita" Marie Camacho
of offense _____   Desaparecida em: Hartford, Connecticut
:ription of evidence___ Raça e/ou etnia: Latina
                        Idade ao desaparecer: 4 anos
_____   Desaparecida desde: 1997
ect _____   Agência investigadora: Departamento de
n _____   Polícia de Hartford, +1 (860) 527-6300

Nome: Rosa Delgado
Restos mortais encontrados em: Hartford, Connecticut
Raça e/ou etnia: Latina
Idade ao desaparecer: 21
Descoberta no ano: 1997
Status do caso: Sem solução
Agência investigadora: Departamento de
      Polícia de Hartford, +1 (860) 527-6300

ESPIANDO PELA PERSIANA

(19. *)   Pistas deixadas: uma fatia de pão no jardim
—   da frente. Tinha sido pisada;
—   Um maço de cigarros Newport; chinelos
            junto à soleira da porta;
         Um preservativo ainda fechado em uma cadeira
            na varanda. Uma testemunha chamou a
         Polícia, mas só meio dia depois. Ele tinha
            olhado pela janela e visto um homem
         Arrastando você para o carro às quatro da
            manhã, mas não deu importância
         Ele pensou que talvez você estivesse doente e
            sendo levada para o hospital. Quando ele
         Saiu de casa para verificar, você já tinha sumido
            para sempre. Ele descartou o pensamento
         Então de que adianta espiar seus vizinhos se
            você não está disposto a salvá-los?
         Sua mãe e suas crianças fazem celebrações
            silenciosas para comemorar
         O dia em que você nasceu.

Case No. _____   Nome: Nefertiri Trader
Type of offense ____   Desaparecida em: New Castle, Delaware
Description of evider   Raça e/ou etnia: Negra
_____ _____   Idade ao desaparecer: 33 anos
Suspect _____   Desaparecida desde: 2014
Victim _____   Agência investigadora: Condado de
                    New Castle, +1 (302) 395-2781

(20. *)
—
—

UMA VIAGEM AO EXTERIOR

O aviso estava lá
Um homem seguindo, espiando
Perto demais. Depois lá estava um
Marido, um casamento conturbado,
As condenações dele em Massachussetts,
New Hampshire, por transportar
Explosivos. Quem precisa roubar
Nove quilos de C4? Desaparecida
Sob circunstâncias suspeitas
Um passaporte abandonado e um visto
Incapaz de voltar para casa, na Coreia do Sul
Se você está sendo perseguida
E se alguém segura um fósforo junto a
Cordões que explodem, essa pessoa
       é mesmo inocente?

Case No. _____ Nome: Song Im Joseph
Type of offense ____ Desaparecida em: Rehoboth Beach, Delaware
Description of evider Raça e/ou etnia: Asiática
_____ Idade ao desaparecer: 20 anos
Suspect _____ Desaparecida desde: 1975
Victim _____ Agência investigadora: Polícia Estadual
                 de Delaware, +1 (302) 739-5901

MENOS ABRIGADA DO QUE EM CASA

(21. *) Ele te comprou presentes
Um tablet e esmaltes
— Você passava tempo sozinha
— Com esse padrinho
Era assim que você o chamava, e ele
Nunca interagia com os
Meninos no abrigo
Onde você ficava, que tinha
Regras rígidas, se interagir você perde
o emprego, mas
Ele nunca foi punido
Assistentes sociais da
Escola perguntaram trinta dias
Depois sobre o seu paradeiro
Trinta dias se passaram
E ninguém pensou
No seu rosto, ausências
Foram justificadas, fabricadas,
Manchadas, ele atirou na esposa
Naqueles mesmos dias e comprou
Sacos de lixo de duzentos litros
E cal. Para jogar fora, tão suave
A polícia encontrou o corpo dele
Caído no jardim de
Kenilworth Park, a arma
Usada para silenciar a esposa
Agora o havia silenciado, o tranco
E sua imagem capturada pela última vez
Em uma câmera de hotel.

Case No. _____ Inventory
Type of offense _____
Description of evidence _____
_____
Suspect _____
Victim _____
Date and time of recovery _____

se No. _____ Inventory # _
e of offense _____
scription of evidence _____
_____
spect _____
tim _____

Nome: Relisha Tenau Rudd
Desaparecida em: Washington, DC
Raça e/ou etnia: Negra
Idade ao desaparecer: 8 anos
Desaparecida desde: 2014
Agência investigadora: Departamento de Polícia
   Metropolitana, +1 (202) 265–9100

(22. *)
—
—

VOCÊ NÃO ESTÁ VENDO, ESTOU BEM AQUI

Em uma cova rasa. Sua pele cheirava a laranja, brilhante
E aquecida pelo sol, mechas de cabelo luminoso
Manchadas de terra, manchadas pelo toque de alguém
Que não te amava. O legista não conseguia
Encontrar você entre tantas fraturas, por isso pensou que eram
Pessoas separadas, a desaparecida e a assassinada. Você
Faltou à escola naquele dia e foi à praia, e nenhuma
Jovem devia ser contemplada com terror quando
        parte em busca de aventura
Por vinte e sete anos, você foi uma das muitas Maria Ninguéns
Desaparecidas. Pessoas. Fotos. Cartazes. Alinhados na parede
Em gélidos bancos de dados. Em armários.
        Páginas amareladas de tinta seca
Você a viu? Conta para mim, você a viu? Quase
Trinta anos é tempo demais para esperar. Sua mãe morreu
Após vinte e dois anos de espera. E quando os policiais
Finalmente se aproximaram do homem suspeito por seu
Assassinato, pela morte de Elizabeth, Tammy, Mary,
Rosario e muitas mais — ele se matou
Porque é isso o que covardes fazem.

Nome: Colleen Emily Orsborn
Desaparecida em: Daytona Beach, Flórida
Raça e/ou etnia: Caucasiana
Idade ao desaparecer: 15 anos
Ano de desaparecimento: 1984
Status do caso: Restos mortais encontrados, sem solução
Agência investigadora: Departamento de
        Polícia de Daytona, +1 (386) 671-5100

(23. *)

—
—

ATIVISTA

Ela nos avisou
Muitas delas
Nos advertiram
Muitas de nós
As ignoramos
Última vez
Vista viva,
Nenhuma indicação
De crime
Você o cometeu, nós
Demoramos, e ela
Usou a própria
Voz, como uma
Ativista, para lutar
Por nós, conosco
E quanto
Tempo vamos

Precisar esperar
Até chutarmos
As portas para
Ver, ver, ver
Ela deixou
O aviso para
Todos lerem
Quarenta anos,
Mora em um duplex
Pintado de cinza,
Dirige um Silverado
Branco e limpo
Naquela casa
Foi onde a
Encontraram, e
Naquele carro
Foi onde a levaram.

Case No. _____
Type of offense ____
Description of evider
_____ _____
Suspect _____
Victim _____

Nome: Oluwatoyin Salau
Restos mortais encontrados em: Tallahassee, Flórida
Raça e/ou etnia: Negra
Idade ao desaparecer: 19 anos
Ano de desaparecimento: 2020
Status do caso: Pendente
Agência investigadora: Departamento de Polícia
   de Tallahassee, +1 (850) 606-5800

(24. *)
—
—

NA CIDADE
A TRABALHO

Utah, em casa, mas o trabalho a mandou para
Fort Lauderdale, de um estado sem litoral
Para um estado de desespero, quando a porta
Do seu quarto de hotel foi encontrada aberta e
Ela não estava lá, câmeras de segurança a
Seguiram enquanto ela descia descalça
As escadas às duas da manhã, sem celular e
Sem bolsa, apenas você descendo em silêncio, apressada
Dois dias e meio sem nenhuma mensagem
De bom-dia vinda de você, então a encontraram
Flutuando, e ninguém sabe por que
Você saiu do quarto naquela noite, e
Ninguém sabe como você morreu. Foi o chamado
De uma sereia ou o sortilégio de uma serpente?

Case No. _____
Type of offense ____
Description of eviden
____ _____
Suspect _____
Victim _____

Nome: Kelly Glover
Restos mortais encontrados em: Fort Lauderdale, Flórida
Raça e/ou etnia: Caucasiana
Idade ao desaparecer: 37 anos
Ano de desaparecimento: 2020
Status do caso: Sem solução
Agência investigadora: Departamento de Polícia
        de Fort Lauderdale, +1 (954) 828-5700

TEMPO NÃO CONTABILIZADO

(25. *)

Dois dias se passaram até sua mãe
   relatar o desaparecimento
As horas escorrendo feito água, mas
   ela supôs que você estava
Cuidando da própria vida, dormindo na casa
   do namorado, indo e voltando
Do trabalho, seus dias e noites sem se cruzar, mas dois
Dias é tempo demais, e seu carro foi
   encontrado estacionado
E trancado por fora em um hotel Days
   Inn. Surgiram rumores
Cruéis e dolorosos dois anos depois de você
   ter sido vista pela última vez, uma
Fatia anônima de esperança dizendo que seu
   corpo fora enterrado no quintal
De uma residência, mas você não estava
   lá. Será que devemos revirar
Toda a terra e todas as folhas secas e mortas
   para encontrar você? Ou você está
Em algum outro lugar que ainda não procuramos,
   e, se for o caso, será que poderia
Nos ajudar?

Case No. _____
Type of offense _____
Description of eviden
_____
Suspect _____
Victim _____

Nome: Shanythia Mashelle Greene
Desaparecida em: Pompano Beach, Flórida
Raça e/ou etnia: Negra
Idade ao desaparecer: 17 anos
Desaparecida desde: 1993
Agência investigadora: Departamento de Polícia
   de Pompano Beach, +1 (945) 786-4200

(26. *)
–
–

A CIDADE TOMA A MENINA

Uma jovem de Aberdeen, Dakota do Sul
Fez sua rota por Minneapolis, descendo
Rodovias até Atlanta, Geórgia. Passando um tempo,
Limpando. Em busca de sonhos de cidade grande, encontrando
A si mesma despida em hotéis e motéis, à deriva
Ao longo de Gainesville, Geórgia, para dançar sob
Luzes pulsantes, para ser idolatrada. Sonhos estilhaçados
Passados de detetive para detetive, confusão
Generalizada, e o coração da sua mãe se despedaçou quando ela
Voou até a cidade a fim de procurar a filha, pintando seu
Rosto em outdoors, implorando para que, por favor, encontrem
Minha menina do interior, imaginando se aqueles
Que sabem mais passaram pela sua foto e sorriram.

Case No. _____ Nome: Morgan Aryn Bauer
Type of offense ____ Desaparecida em: Atlanta, Geórgia
Description of evider Raça e/ou etnia: Caucasiana
_____ _____ Idade ao desaparecer: 19 anos
Suspect _____ Desaparecida desde: 2016
Victim _____ Agência investigadora: Departamento de
Polícia de Atlanta, +1 (404) 658-6666

(27. *)
—
—

NÃO ME ABANDONE

ALI

No começo do dia, ela estava fora fazendo uma visita
Com a família, mas não queria voltar
Para aquele estabelecimento, voltar para aquele
Lugar que eles diziam ser um lar, mas que não era realmente
Um lar, porque sua filha e seus netos
Não estavam ali. E assim ela saiu andando
Pela porta da frente, e talvez ao longo da
Rodovia alguém tenha te dado carona?
Escolheram-na, continuaram andando, ela ainda está
Andando, vários relatos brotaram feito
Ervas daninhas sobre uma mulher idosa vagando por aí,
Procurando pela família para que eles a levassem
De volta à sua verdadeira casa.

Case No. _____ Nome: Sadie Ruth Edney
Type of offense ____ Desaparecida em: Augusta, Geórgia
Description of evider Raça e/ou etnia: Negra
____ _____ Idade ao desaparecer: 75 anos
Suspect _____ Desaparecida desde: 1992
Victim _____ Agência investigadora: Departamento do Xerife
           do Condado de Richmond, +1 (706) 821-1080

AS FALÉSIAS DE HAKALAU

(28. *)   Uma ida rápida até a loja de conveniência
          Você disse que iria
—   Levar sua filha junto
—   Mas o namorado falou que ela
          Deveria ficar. O percurso
          Foi mais longo que o pretendido
          O maior percurso, um alto
          Mergulho das falésias de
          Hakalau. O carro foi
          Danificado, amassado
          Metal dobrado e retorcido
          O luminol não encontrou vestígios
          De sangue no interior, e
          Os detetives não acharam rastro
          De que você estava ali dentro quando
          O carro saiu voando
          Se você não caiu,
          Se você não voou, então
          Onde pode estar?

Case No. _____   Nome: Marlo Keolalani Moku
Type of offense _____   Desaparecida em: Hilo, Havaí
Description of evider   Raça e/ou etnia: Natural das Ilhas do Pacífico
_____ _____   Idade ao desaparecer: 33 anos
Suspect _____   Desaparecida desde: 2008
Victim _____   Agência investigadora: Departamento de Polícia
                              do Condado do Havaí, +1 (808) 961-2383

(29. *)

—
—

ONDAS QUEBRANDO

As câmeras não conseguem capturar todos os seus movimentos
A filmagem mostra você saindo do carro e
Caminhando em direção ao mar. Praia de Nanakuli. Significa
"olhar para o joelho". Você estava em uma área ao sul
Que os moradores chamam de Zablan. As ondas são altas lá,
Quebrando entre duas pedras de calcário.
    A praia não oferece muita
Sombra. Está quente e seco, e as câmeras
    não conseguem seguir você
Por todos os lugares. As imagens não
    mostram sua graciosidade
Embaixo d'água. Você estava tentando
    não afundar? Você nadou
Para outra parte da praia e emergiu ali? Você se ergueu
Da superfície do oceano? Você foi nadando
Até o outro lado? Você está esperando
Do outro lado? Alguém mais estava esperando do outro lado?

Case No. _____
Type of offense ____
Description of evider
_____
Suspect _____
Victim _____

Nome: Melissa Estoy
Desaparecida em: Waianae, Havaí
Raça e/ou etnia: Miscigenada, natural
    das Ilhas do Pacífico, caucasiana
Idade ao desaparecer: 25 anos
Desaparecida desde: 2018
Agência investigadora: Departamento de
    Polícia de Honolulu, +1 (808) 529-3111

(30. *)
—
—

DEPÓSITO NA ESTRADA

Pertences encontrados em uma casa abandonada
Uma jaqueta encontrada em uma casa, mas não a sua casa
Bolsa, sapatos, uma carteira de identidade no
Acostamento da u.s. Highway 95. Um homem do
Circle H Saloon disse ter te dado uma carona e
Deixado você perto
De casa. Por que alguém faria isso?
Por que alguém iria querer isso? Se eu te pedir
Que me leve para casa, espero ser levada para casa
Não dissolvida no asfalto, onde minhas coisas
Serão mais tarde encontradas, analisadas e interpretadas
Eu nunca deveria ter me tornado uma pista para você.

Case No. _____
Type of offense ____
Description of evider
_____
Suspect _____
Victim _____

Nome: Tina Marie Finley
Desaparecida em: Condado de Benewah, Idaho
Raça e/ou etnia: Indígena norte-americana
Idade ao desaparecer: 25 anos
Desaparecida desde: 1988
Agência investigadora: Gabinete do Xerife do
Condado de Benewah, +1 (208) 245—2555

AS MENINAS DE POCATELLO

(31. *)

—

—

Contem para nós sobre como duas meninas
Desapareceram no Parque Pocatello
Quarenta e dois anos atrás. Reúnam-se
Ao redor da fogueira dos crimes cometidos
Contra crianças, os corpos encontrados a
Uma hora de casa, em um lugar tão remoto
Que os gritos foram abafados por aquelas
Estrelas obscuras. Permanece um mistério, dizem eles
Mas não há mistério quando alguém
Sabe, quando outros não falam e quando
Tudo que resta da investigação
Cabe em um envelope de papel pardo
Porque os detetives do passado
Não investigaram mais, não rastrearam
A trilha de violência até as violentadas
Vocês não vão nomear suspeitos. Vergonha
Daqueles que embalam os gritos dessas meninas
Na própria memória. Agora são estantes de livros
Que contam o sofrimento delas.

Case No. _____
Type of offense _____
Description of evider
_____
Suspect _____
Victim _____

Nome: Tina Anderson
Restos mortais encontrados em: Condado de Oneida, Idaho
Raça e/ou etnia: Caucasiana
Idade ao desaparecer: 12 anos
Ano de desaparecimento: 1978
Agência investigadora: Departamento de Polícia
    de Pocatello, +1 (208) 234-6100

Nome: Patricia "Patsy" Campbell
Restos mortais encontrados em: Condado de Oneida, Idaho
Raça e/ou etnia: Caucasiana
Idade ao desaparecer: 14 anos
Ano de desaparecimento: 1978
Agência investigadora: Departamento de Polícia
    de Pocatello, +1 (208) 234-6100

(32. *)

—

—

PRINCESAS DA ZONA SUL

Tionda, de dez anos, e Diamond, de três
Anjos da guarda na zona sul de Chicago, pequenas
Princesas cuja alegria e empolgação permanecerão em nossos
Quarteirões, docinhos de aniversário em cores vivas e presentes
Recém—embalados. Foram vistas por último pelas
Crianças do bairro, duas irmãs andando de mãos dadas
Rumo ao nada, rumo à Terra do Nunca, e nunca
Mais foram vistas, a cidade ansiando por ouvir
Suas risadas infantis, sua tagarelice vibrante de
Garotas, pois a energia delas permanece aprisionada
Nesta cidade de concreto, vidro, terracota e aço.

No.
f offense
iption of evider

ct

Nome: Diamond Yvette Bradley
Desaparecida em: Chicago, Illinois
Raça e/ou etnia: Negra
Idade ao desaparecer: 3 anos
Desaparecida desde: 2001
Agência investigadora: Departamento de
        Polícia de Chicago, +1 (312) 745—6007

Nome: Tionda Z. Bradley
Desaparecida em: Chicago, Illinois
Raça e/ou etnia: Negra
Idade ao desaparecer: 10 anos
Desaparecida desde: 2001
Agência investigadora: Departamento de
        Polícia de Chicago, +1 (312) 745—6007

(33. *)

—

—

ANJO DE NEVE

Como você já tinha fugido de casa antes, a
        polícia só começou a investigar
Seu desaparecimento no dia seguinte.
        Tempo demais, tarde demais
Ainda assim, você estava doente demais para
        ir à escola, então ficou no quarto
Consolada por seus pertences. Seu padrasto
        ficou em casa com você. Ele
Diz que você tirou um cochilo à tarde. Ele
        diz que saiu para passear com o
Cachorro em uma temperatura abaixo de zero e
        que deixou a porta da frente de casa
Destrancada. Ele diz que o cão escapou da coleira e
        que ele ficou procurando no frio extremo
Durante horas pelo animal. Sua irmã chegou em casa às 15h15
E não encontrou você. Sua mãe chegou em casa às 17h e não
Encontrou você. Um vizinho devolveu o cachorro
        naquela noite, tendo-o achado
Tremendo no frio do Meio-Oeste. Desiludido e
        desorientado pelas lufadas de
Vento e pelo frio mordaz, seu padrasto
        tinha arranhões pelo corpo
Ele diz que foi porque ele consertou o carro. A
        única coisa a sumir do seu quarto,
Além de você mesma, foram os lençóis e as
        fronhas. Seu padrasto falhou
No detector de mentiras ao falar de você. No seu diário,
        que foi encontrado pela polícia, você diz
Que seu padrasto a beijou na boca e depois te tocou onde jamais
Deveria ter tocado. O oficial responsável por
        escolher o grande júri foi Drew Peterson,
Condenado pelo assassinato da terceira esposa,
        mas que diz não saber o que
Houve com a sua quarta esposa, desaparecida.
        Tantos homens dizem não saber
O que houve com as mulheres agora desaparecidas
        que já estiveram sob seus cuidados

Sua família foi embora daquela
    casa, daquele estado, sua
    mãe ainda com o seu
Padrasto e ainda naquele estado de
    sempre acreditar que ele não teve
Nada a ver com o seu desaparecimento.

Case No. _____ Inventory
Type of offense _____
Description of evidence _____
_____
Suspect _____
Victim _____
Date and time of recovery _____

Nome: Rachel Marie Mellon
Desaparecida em: Bolingbrook, Illinois
Raça e/ou etnia: Asiática
Idade ao desaparecer: 13 anos
Desaparecida desde: 1996
Agência investigadora: Departamento de Polícia
    de Bolingbrook, +1 (630) 226-0600

(34. *)
—
—

COLINA ABAIXO

Dias sem escola são dias feitos para magia
São dias para amigas e festas do pijama, para
Passar horas rindo das piadas internas uma da
Outra, dias sem escola são para se arriscar
São para explorar e viver aventuras, para confiar
Que estaremos em casa no horário, porque amanhã
Haverá escola, é claro, e será um novo dia, mas nós
Não imaginamos que, depois de subir na ponte
E pegar nossos celulares, transmitindo para o mundo
As imagens que achávamos bonitas, haveria
Alguém assistindo, e depois nós duas assistindo
        enquanto
Ele nos assistia, e depois viramos os celulares para ele
        porque
Achamos que aquilo talvez fosse nos acalmar, talvez ele
Fosse embora, mas ele não foi, ele apontou e disse:
"Desçam da ponte", e para baixo da ponte
Nós fomos, e para um lugar terrível fomos levadas,
        descendo
Muito além do nosso caminho, muito além das nossas
        vidas, e coisas
Horríveis aconteceram ali, pulsos amarrados e apenas
Os olhos uma da outra para encarar antes de sabermos que
Nunca iríamos voltar.

Case No. _____ Inventory
Type of offense _____
Description of evidence _____

Suspect _____
Victim _____
Date and time of recovery ___

Nome: Abigail "Abby" Williams
Restos mortais encontrados em: Delphi, Indiana
Raça e/ou etnia: Caucasiana
Idade ao desaparecer: 13 anos
Ano de desaparecimento: 2017
Status do caso: Sem solução
Agência investigadora: Departamento de Polícia de Delphi Indiana, +1 (765) 564-2345

Nome: Liberty Rose German
Restos mortais encontrados em: Delphi, Indiana
Raça e/ou etnia: Caucasiana
Idade ao desaparecer: 14 anos
Ano de desaparecimento: 2017
Status do caso: Sem solução
Agência investigadora: Departamento de Polícia de Delphi Indiana, +1 (765) 564-2345

(35. *)
—
—

LINHA DO TEMPO DE UM DESAPARECIMENTO

00h30
Ela sai do apartamento com um amigo.
Eles vão para o apartamento de outro amigo.
Eles encontram outro amigo.

1h46
Ela é vista entrando em um bar com esses amigos.

2h27
Ela é vista saindo do bar com um desses amigos, deixando
    para trás o celular e os sapatos.
O amigo a companha até em casa.

2h30
Uma testemunha a vê caminhando até o apartamento,
    percebendo o brilho da noite no seu rosto.
Ele pergunta se ela está bem, talvez profetizando, ou tendo
    profetizado, os acontecimentos terríveis que estavam
    por vir.

2h48
Ela sai do apartamento.
Ela entra em um beco.

2h51

Ela caminha até um terreno baldio.

Suas chaves e a bolsa são encontradas espalhadas ao longo do percurso, um banquete para um lobo.

Ela e um amigo chegam ao apartamento dele, ambos tropeçando, e ele passa mal devido à noite de bebedeira.

O colega de quarto dele pede que ela passe a noite ali, para a sua própria segurança, ele afirma, mas ela prefere voltar para casa.

Ela vai embora.

3h30

Ela vai para outro apartamento, e seu olho está roxo, talvez por causa de um esbarrão ou um tombo.

Ela diz que não sabe como se machucou.

É fugaz, e a noite é um origami, uma contorcionista que se dobra sobre si mesma.

4h30

Ele relata que ela foi embora do apartamento dele, e ela foi vista por último usando legging preta e um top branco nos limites da decência.

Ele manda uma mensagem para o celular dela na manhã seguinte, e a resposta vem de alguém que trabalha no bar onde eles estavam na noite anterior.

Contudo, ele não sabia que ela havia deixado seus pertences para trás?

Case No. _____ Nome: Lauren Spierer

Type of offense _____ Desaparecida em: Bloomington, Indiana

Description of evider Raça e/ou etnia: Caucasiana

_____ Idade ao desaparecer: 20 anos

Suspect _____ Desaparecida desde: 2011

Victim _____ Agência investigadora: Departamento de Polícia de Bloomington, +1 (812) 339—4477

UMA LEVA DE TRÊS

(36. *)
—
—

Uma foi encontrada na margem de um riacho em
 uma estrada de cascalho, estrangulada
Outra foi encontrada em uma vala ao norte
 de Waverly, também asfixiada
Mas a primeira delas cresceu em uma fazenda
 e amava tanto a banda Eagles
Que implorou aos pais, durante uma viagem de
 férias, para que fizessem uma parada
Em um local onde eles estavam cantando,
 e a voz dela foi elevada até as
Nuvens, e dentro dessas nuvens
 nunca houve muito dinheiro
E por isso ela trabalhava, e trabalhava
 como garçonete, o que
Não importa, jamais deveria importar o
 que uma moça faz para se sustentar
Mas aqui importa onde ela trabalhava,
 porque seus pais acham que
Sua reputação, tratada com a delicadeza de
 um vidro, foi estilhaçada, e que
Por isso as pessoas supõem o que
 aconteceu com você logo
Após o Dia de Ação de Graças, quando sua
 mãe implorou para que você não
Fosse trabalhar, pois a intuição de uma mãe
 se retorce como lâminas ensanguentadas
Dentro das veias. Sua família procurou nos
 campos e nas construções mais próximas
Mas sua mãe insistiu nos bueiros,
 e foi ali que mais tarde
Você foi encontrada, o esmalte preto
 identifica o corpo, achada
Estrangulada e nua, lavada pelas chuvas
 de março. Anos mais tarde, um
Homem encontrou sua família e contou a ela
 sobre outros homens que levaram

Você, e sua família se sente culpada e é
        culpabilizada porque você trabalhava,
Porque não podiam te dar dinheiro para
        a faculdade, mas isso não é
Motivo para que mais tarde sua mãe precisasse
        vasculhar onde seu corpo foi encontrado
Só para achar um grampo de cabelo que ela acalenta
        no peito como se fosse uma criança, e
Sua irmã não consegue aceitar o que aconteceu, e ela diz:
"Imaginar essa menina linda, nua e
        enfiada em um bueiro, coberta
de folhas e lama, a humilhação disso. O
        homem que cometeu esse crime
está livre por aí, e eu não aceito isso".

Case No. _____
Type of offense _____
Description of evider
_____
Suspect _____
Victim _____

Nome: Julia Benning
Restos mortais encontrados em: Shell Rock, Iowa
Raça e/ou etnia: Caucasiana
Idade ao desaparecer: 18 anos
Ano de desaparecimento: 1975
Status do caso: Sem solução
Agência investigadora: Departamento de Investigação
        Criminal de Iowa, +1 (515) 725—6010

Nome: Marie "Lisa" Peak
Restos mortais encontrados em: Condado de Bremer, Iowa
Raça e/ou etnia: Caucasiana
Idade ao desaparecer: 19 anos
Ano de desaparecimento: 1976
Status do caso: Sem solução
Agência investigadora: Departamento de Investigação
        Criminal de Iowa, +1 (515) 725—6010

Nome: Valerie Klossowsky
Restos mortais encontrados em: Condado de Bremer, Iowa
Raça e/ou etnia: Caucasiana
Idade ao desaparecer: 14 anos
Ano de desaparecimento: 1971
Status do caso: Sem solução
Agência investigadora: Departamento de Investigação
        Criminal de Iowa, +1 (515) 725—6010

(37. *)
—
—

UNIVERSIDADE ESTADUAL DE IOWA

Filha, Irmã, Amiga
Oculta em um casaco verde
Em uma vala ao lado de
Uma estradinha sem nome. Um homem te
Ofereceu carona da Universidade
Estadual de Iowa até a soleira
Da casa dos seus pais, em
Evanston. Vista pela última vez segurando
Uma mala, feliz e empolgada por um
Colega de universidade ter sido tão
Gentil. Ele era um estudante?
Você era um alvo? Ou, infelizmente, foi uma
Escolha aleatória? Vista pela última vez entrando em um
Volkswagen azul. Um assassinato tão
Deturpado, poluído por aspirações
Políticas, sua destruição
Usada para elevar, reputação
Manchada feito latão fosco e
Para quê? Universidade, esperanças de vida
Interrompidas. Uma família horrorizada e
Traumatizada porque a filha foi
Usada e descartada, e seus frios e
Solitários gritos de pavor
Ouvidos por mais ninguém além do céu vazio
Você vai falar um dia? Alguém
Vai falar? Será que alguém pode um dia
Nos dizer o que aconteceu, ou esses
Lábios ainda estão congelados pelo desvio?
Ou quem sabe também já estão mortos? Pois já se passaram
Cinquenta anos...

Case No. _____ Inventory #
Type of offense _____
Description of evidence_____
_____
Suspect _____
Victim _____
Date and time of recovery____

Nome: Sheila Jean Collins
Restos mortais encontrados em: Colo, Iowa
Raça e/ou etnia: Caucasiana
Idade ao desaparecer: 19 anos
Ano de desaparecimento: 1968
Status do caso: Sem solução
Agência investigadora: Departamento
    de Investigação Criminal de
    Iowa, +1 (515) 725-6010

CANTE PARA NÓS UMA CANÇÃO DE NINAR

(38. *)

—

—

Um mês de idade, um ano de idade
A mãe de vocês lhes cantou uma canção de ninar?
Ela as vestiu e agasalhou e
Levou vocês pela noite para visitar
Uma amiga. Ninguém viu mais a mamãe. Ninguém
Viu você, nem você, e já se passaram mais anos do que
A idade da sua mãe quando todas vocês partiram
O tempo faz isso, ele continua sua lenta
Progressão, mas vocês não podem fazer o mesmo
Estão congeladas em fotos de bebê, e vocês estão
Com a sua mãe?

Case No. _____
Type of offense _____
Description of evidei
_____
Suspect _____
Victim _____

Nome: Jennifer Dawn Lancaster
Desaparecida em: Topeka, Kansas
Raça e/ou etnia: Caucasiana
Idade ao desaparecer: 18 anos
Desaparecida desde: 2000
Agência investigadora: Departamento de
    Polícia de Topeka, +1 (785) 368—9400

Nome: Sidney Keara Smith
Desaparecida em: Topeka, Kansas
Raça e/ou etnia: Miscigenada, caucasiana e negra
Idade ao desaparecer: 1 ano
Desaparecida desde: 2000
Agência investigadora: Departamento de
    Polícia de Topeka, +1 (785) 368—9400

Nome: Monique Rae Smith
Desaparecida em: Topeka, Kansas
Raça e/ou etnia: Miscigenada, caucasiana e negra
Idade ao desaparecer: 1 mês
Desaparecida desde: 2000
Agência investigadora: Departamento de
    Polícia de Topeka, +1 (785) 368—9400

(39. *)
–
–

DORMINDO FORA

Festas do pijama de garotinhas incluem risos noite adentro
Mas, durante aquela mesma noite, alguém removeu a
Tela de proteção, levando
Você para outro mundo, muito além da sua casa,
Além de qualquer solução, deixando sua amiga e
Sua família ali, paradas e atordoadas, restos da
Tela a poucos metros de casa e ninguém para
Ouvir a maldade que rondava os entornos
Naquela noite.

Case No. _____   Nome: Beverly Ann Ward

Type of offense ____   Desaparecida em: Junction City, Kansas

Description of evider   Raça e/ou etnia: Negra

_____   Idade ao desaparecer: 13 anos

Suspect _____   Desaparecida desde: 1978

Victim _____   Agência investigadora: Departamento de Polícia
           de Junction City, +1 (785) 762-5912

(40. *)
—
—

MOVIMENTO ATRAVÉS DE UM TELESCÓPIO

Feche os olhos, você está se banhando de sol
A areia sob sua pele, o calor
Dos raios solares, agarrando seu
Cabelo, arrastando você para longe. Uma
Vítima indefesa observa, um telescópio
Que não alcança. Um suspeito que
Comete suicídio. Outro, preso por
Assassinato. A incerteza deixa
Para trás uma mãe enfrentando a
Má-conduta, o encobrimento dos fatos, denunciando
Suspeitos com pouca conexão, e
Tudo que temos são manchas de sangue no carro
Duas armas, duas facas, uma corda e uma
Parte descartada do seu traje de banho
Pelo chão.

Case No. _____
Type of offense _____
Description of evider
_____
Suspect _____
Victim _____

Nome: Heather Danyelle Teague
Desaparecida em: Spottville, Kentucky
Raça e/ou etnia: Caucasiana
Idade ao desaparecer: 23 anos
Desaparecida desde: 1995
Agência investigadora: Polícia Estadual
      do Kentucky, +1 (270) 826-3312

(41. *)
—
—

A FLORESTA SABE QUEM FOI

Restos encontrados desaparecem e reaparecem
São perguntas sem resposta sobre o que aconteceu
Dez anos atrás, quando as roupas eram diferentes
E a comida era diferente e você era diferente
Porque estava aqui, e agora há uma filha
Com saudade da mãe, que não entende o que
Aconteceu, assim como a última pessoa que diz
Ter visto você — o celular tocando a apenas
Dois quilômetros e meio das torres onde seus restos
Mortais foram achados, em uma área arborizada que te
Serviu como casa por tempo demais.

Case No. _____ Nome: Paige Johnson
Type of offense _____ Desaparecida em: Covington, Kentucky
Description of evider Raça e/ou etnia: Caucasiana
_____ _____ Idade ao desaparecer: 17 anos
Suspect _____ Encontrada morta em: 2010
Victim _____ Agência investigadora: Departamento de Polícia
de Covington, +1 (859) 292-2222

(42. *)
-
-

ESTOU CHEGANDO

A babá estava esperando por você, que estava a caminho
Registros de segurança da última vez que você
        entrou na base da Força Aérea
Onde ele estava alocado, o Ex, de um casamento permeado por
Abusos que eles chamam de doméstico, e havia
        uma criança, audiência para falar
Da pensão na manhã seguinte, mas não houve audiência, não
Houve, não há nenhum registro de que você saiu, e seu carro foi
Encontrado abandonado na rampa do rio Vermelho
Virado para a base do outro lado daquele rio, então
Logo depois ele foi mandado para fora do
        país e logo depois ele fugiu
E logo depois foi preso, mas nunca houve provas para
Incriminá-lo, mas seus pais agora estão com as suas
Garotas e, embora ele não esteja enjaulado, eles as protegerão
Ferozmente e defenderão sua memória, a de uma mãe que tanto
As amou, e as garotas saberão que você estava mesmo a caminho
Sua mãe às vezes acorda no meio da noite
Pensando ter ouvido você entrar pela porta. Sua mãe
Costumava dizer às suas filhas que você
        estava perdida, mas agora elas
Dizem que talvez você não volte.

Case No. _____ Nome: Cory Marie Rubio
Type of offense ____ Desaparecida em: Shreveport, Louisiana
Description of evider Raça e/ou etnia: Latina
_____ Idade ao desaparecer: 24 anos
Suspect _____ Desaparecida desde: 1999
Victim _____ Agência investigadora: Departamento de
                Polícia de Shreveport, +1 (318) 673-7080

(43. *)
—
—

OS CAMPOS NÃO RESOLVEM NADA

Seu assassinato como um reality show
Cena do crime, notícias do crime, cruzeiros temáticos
Sobre o crime, mas alguém chegou a solucionar
O crime? Idolatramos a morte
Na tela, mas precisamos saber mais
Informações, sobrecarga de programas
Não sobre você, quem
Era você? Mostre—me mais, os campos
Os campos de matança onde sua cabeça
Doeu e seu corpo desabou
Raptado e decomposto, fertilizante
Humano, cruel, não acha? É exaustivo
Pensar em uma mulher bonita, perdida,
Morta, o crânio fraturado, perguntas, tantas
Perguntas, mas se as perguntas forem
Todas respondidas, eles não têm como lucrar
Com o seu assassinato.

Case No. _____
Type of offense _____
Description of evider
_____ _____
Suspect _____
Victim _____

Nome: Eugenie Boisfontaine
Desaparecida em: Paróquia de Iberville, Louisiana
Raça e/ou etnia: Caucasiana
Idade ao desaparecer: 34 anos
Desaparecida desde: 1997
Agência investigadora: Departamento de Polícia
        de East Baton Rouge, +1 (225) 389—2000

(44. *)
—
—

O CULPADO PERMANECE

EM SILÊNCIO

A polícia emitiu outro chamado pedindo reforços
Seus reforços, e ela gritou por socorro ou
Foi silenciada? E isso tudo é horrível
Saber que uma menina terá pela eternidade
A própria voz presa na sua própria
Garganta. Os investigadores disseram ter interrogado
Centenas de pessoas, disseram ter vasculhado as
Casas dos seus conhecidos, mas não houve nenhuma
Prisão, e o caso permanece em aberto como uma ferida
Purulenta, cheirando a segredos que ninguém
na estrada de Pine Point quer apontar — murmurar.

Case No. _____
Type of offense _____
Description of evider
_____ _____
Suspect _____
Victim _____

Nome: Ashley Ouellette
Desaparecida em: Scarborough, Maine
Raça e/ou etnia: Caucasiana
Idade ao desaparecer: 15 anos
Desaparecida desde: 1999
Status do caso: Sem solução
Agência investigadora: Departamento de
      Polícia de Scarborough, +1 (207) 883-6361

CANDIDATA EM UM CONCURSO DE BELEZA NO MAINE

(45. *)
—
—

Era a noite do seu baile de formatura
Ele foi cancelado por causa de uma briga de adolescente
Com o seu namorado. Então você e uma
Amiga encontraram outros dois amigos muito
Mais velhos. Houve uma festa, e você decidiu voltar
Para casa, por algum motivo, hesitação
Sua irmã viu quando você entrou no carro dele
O homem que disse ter te deixado mais tarde
Naquela noite, na rua que levava até sua
Casa, porque você não queria descer
Tão perto, mas seu pai diz que
Você nunca faria isso, porque você tinha
Medo do escuro, e seu pai não
Acredita na história do homem. Sua mãe
Morreu esperando que ele contasse a história
Certa, sobre o frio e a escuridão
E sobre o que jaz naquela propriedade de dois hectares
Que aquele homem possui. Todos sabem o nome dele,
Todos sabem que ele estava com você. Seu
Pai ainda mora na mesma casa e espera que a
Verdade venha bater à sua porta.

Case No. _____
Type of offense _____
Description of evider
_____
Suspect _____
Victim _____

Nome: Kimberly Ann Moreau
Desaparecida em: Jay, Maine
Raça e/ou etnia: Caucasiana
Idade ao desaparecer: 17 anos
Desaparecida desde: 1986
Status do caso: Sem solução
Agência investigadora: Polícia Estadual
        do Maine, +1 (207) 743-8282

(46. *)
—
—

PRÉDIOS ABANDONADOS

Poderiam os fantasmas de prédios
    demolidos contar segredos?
Desvende isso: uma menina de doze anos sai de casa na sua
Bicicleta, usando não a própria jaqueta,
    mas a de uma amiga,
Vestida com coisas que não são suas. A
    bicicleta deixada para trás,
Um pneu murcho e uma mãe achando que
    sua filhinha estava
Na casa de uma tia, mas não havia
    nenhuma presença familiar
O edifício de apartamentos onde você morava não
Existe mais. Aquelas pessoas não moram mais ali. Será
Que elas se lembram da garotinha que fugiu, que
Foi levada, raptada? Poderia um fantasma
    assombrar estruturas
Que vivem apenas em nossa memória?

se No. _____
e of offense _____
scription of evider

_____

spect _____

tim _____

Nome: Melody McKoy
Desaparecida em: Baltimore, Maryland
Raça e/ou etnia: Negra
Idade ao desaparecer: 12 anos
Desaparecida desde: 1991
Agência investigadora: Departamento de Polícia da
    Cidade de Baltimore, +1 (443) 984-7114

SEM SUCESSO, SEM RENDIÇÃO

(47. *)
—
—

Vista pela última vez saindo da joalheria
Onde trabalhava. Você disse aos seus
Colegas que estava indo visitar
Seu ex-marido, uma batalha amarga
Pela custódia de uma criança de três anos
Em casa, nunca mais vista, é
Claro que o ex-marido, ex-policial,
Disse não ter visto você. Ele
Foi demitido após ameaçar detentos
Surgiram boatos sobre como ele machucou
E abusou de você, e se existe alguém
Que sabe como contar uma mentira,
Tecer uma teia e ocultar um corpo
É alguém que dança
Ao lado da lei.

Case No. _____
Type of offense _____
Description of evider
_____ _____
Suspect _____
Victim _____

Nome: Bernadette M. Stevenson Caruso
Desaparecida em: Condado de Baltimore, Maryland
Raça e/ou etnia: Caucasiana
Idade ao desaparecer: 23 anos
Desaparecida desde: 1986
Agência investigadora: Departamento de Polícia do
Condado de Baltimore, +1 (410) 887-3943

(48. *)

—

—

CARONA COM DEMÔNIOS

Você saiu, os pés primeiro, pela
Janela do carona, caindo
No concreto, se arriscando, morrendo
Para escapar da pessoa ao seu lado
Você caiu como Alice ou foi
Empurrada? Para fora do veículo
Acelerando, movendo-se de forma errática,
Tentando desequilibrar uma garota assustada
Os conselheiros da escola consolaram
Seus colegas, mas não houve ninguém
Para consolar aqueles transeuntes que
Assistiram a tudo, horrorizados e desesperançosos,
Que não puderam salvar a garota, que arquejou
Por alguns momentos na estrada
Machucada e destruída, mas liberta
Da ameaça por trás do volante
Daquele carro.

Nome: Ashley Turniak
Restos mortais encontrados em: Agawam, Massachusetts
Raça e/ou etnia: Caucasiana
Idade ao desaparecer: 17 anos
Ano de desaparecimento: 1998
Status do caso: Sem solução
Agência investigadora: Departamento de
        Polícia de Agawam, +1 (413) 786-4767

(49. *)

‒

‒

SILÊNCIO ENTRE SUAS PAREDES

Nós a reivindicamos, nossa Desconhecida de Dorchester
Encontrada enfiada em uma chaminé, coberta de
Fuligem. Você permaneceu naquele espaço confinado por
Sabe-se lá quantos anos, vendo a si mesma
Apodrecer, rodeada de tijolos, mas
Um dia a porta de acesso foi destrancada e o
Limpador de chaminés entrou e ele
Descobriu seus ossos encarcerados, sozinhos
Por tanto tempo, mas não solitários, pois
Havia pessoas morando há anos naquele
Prédio, pessoas que não sabiam
Sobre a vizinha cujo sofrimento era silencioso.

Case No. _____
Type of offense _____
Description of evider
_____ _____ .
Suspect _____
Victim _____

Nome: Desconhecida de Dorchester
Restos mortais encontrados em: Dorchester, Massachusetts
Raça e/ou etnia: Caucasiana ou latina
Idade ao desaparecer: Entre 25 e 35 anos
Descoberta em: 2005
Status do caso: Sem solução
Agência investigadora: Gabinete de Medicina
        Legal de Massachusetts, +1 (617) 267-6767

COISAS DA INFÂNCIA

(50. *) Devemos viver em um mundo
Onde as crianças possam brincar
— Lá fora, no jardim da frente
— Grama, calçadas, folhas de carvalho
Coladas com orgulho no papel
Por seus dedos pequenos, e
Os vizinhos dizem que você
Costumava brincar sozinha lá fora e
Que você falou que, caso fizesse
Malcriação, sua mãe a deixaria trancada
E o que é triste é a visão
De uma bicicleta descartada,
Rejeitada, esquecida, uma história
Coberta de abusos tocados
Pela água do banho, jazendo doce
E podre como uma casca de banana
Machucada, regata branca de
Estampa florida, short tingido de rosa,
Tênis de cano baixo, iluminada
Lá fora, falando com o homem
No carro vermelho ou marrom,
O homem que você disse para o seu irmão
Que era seu novo amigo.

Case No. _____ Nome: Brittney Ann Beers
Type of offense _____ Desaparecida em: Sturgis, Michigan
Description of evider Raça e/ou etnia: Caucasiana
_____ Idade ao desaparecer: 6 anos
Suspect _____ Desaparecida desde: 1997
Victim _____ Agência investigadora: Departamento de Polícia
de Sturgis, +1 (269) 651—3231

A LUZ DO POSTO DE GASOLINA

(51. *)
—
—

Antes das gotas de sangue
Do lado de fora do posto de gasolina,
Houve um filho e
Um noivado, e ela
Jamais deixaria um deles
Para trás por vontade própria
Um garotinho de short olhando
Pelo vidro da janela e dizendo:
"A mamãe está por aqui".
E ele também vai
Conhecer a dor de ela não estar
Nem aqui, nem em outro lugar
Passando sob as luzes do
Posto, o cheiro da gasolina,
O ar fresco da primavera, e as
Lanternas logo ali, tão
Perto, e ela estava no trabalho
E a mamãe já devia estar em
Casa agora, mas existem
Coisas horríveis rolando no
Porta—malas de desconhecidos
Seringas escondidas em uma
Caixa preta, um estranho encontrado
O júri deliberou a depravação dele
Em menos de duas horas, mas,
Com aquele sorriso doentio e manchado,
Ele ainda se recusa a contar a um menino
Onde está
A mamãe dele.

Case No. _____
Type of offense _____
Description of evider
_____ _____
Suspect _____
Victim _____

Nome: Jessica Heeringa
Desaparecida em: Norton Shores, Michigan
Raça e/ou etnia: Caucasiana
Idade ao desaparecer: 25 anos
Desaparecida desde: 2013
Agência investigadora: Departamento de Polícia
    de Norton Shores, +1 (231) 722—7463

(52. *)

–
–

A CONFIANÇA ENTRE AMIGAS

Ele disse à menina que estava segurando à força:
"Ela entrou no meu escritório e nunca mais saiu".
Era você? Sua amiga contou que ele estava contratando
Uma pequena fornecedora de tinta e uma carpintaria em
Iroquois. Quando você saiu de casa naquela noite, falou
Para o seu irmão: "Se eu não voltar, procure por
Mim". Foi a última vez que você foi vista. Ele, contudo,
Foi visto, e era conhecido por violência, verbal e física, ameaças
De estupro, acusação de sequestro, perseguição, posse
Ele não coopera quando seu nome é mencionado
Ele tem um advogado. Sua amiga, aquela que levou você
Até ele, que disse que ele te daria um emprego,
Também arrumou um advogado, e ela também continua em silêncio
Alguns amigos abrem as portas para a nossa partida.

Case No. _____
Type of offense _____
Description of evider
_____
Suspect _____
Victim _____

Nome: Hang Lee
Desaparecida em: St. Paul, Minnesota
Raça e/ou etnia: Asiática
Idade ao desaparecer: 17 anos
Desaparecida desde: 1993
Agência investigadora: Departamento de
     Polícia de St. Paul, +1 (651) 292-3646

APOSENTADORIA DESEMPOEIRADA

(53. *) Mapas e velhos anuários
— Anos vivendo em cadernos,
— Pastas, detalhes de uma menina
Que você nunca conheceu, mas
Chama de "moça durona"
Uma moça "dura na queda", talvez
Ela fala com você através das
Memórias empoeiradas daqueles
Documentos que você segura, daquela
Fotografia que você estuda, e eles
Procuram você, as pessoas que a
Conheceram, que lembram de ouvir
A história da cabeleireira
Famosa que saiu certa
Noite e nunca mais voltou para o seu
Estabelecimento, e aquelas que podiam
Lembrar agora envelheceram, assim como
Suas páginas amareladas, algumas têm
Noventa anos, e algumas beiram o
Abismo, e elas pedem a você,
Detetive, que descubra quem deixou
Nossa menina largada na rua gelada.

Case No. _____
Type of offense _____
Description of evider
_____ _____
Suspect _____
Victim _____

Nome: JoAnn Bontjes
Restos mortais encontrados em: Condado
    de Martin, Minnesota
Raça e/ou etnia: Caucasiana
Idade ao desaparecer: 21 anos
Ano de desaparecimento: 1975
Status do caso: Sem solução
Agência investigadora: Departamento do Xerife
    do Condado de Martin, +1 (507) 238-4481

(54. *)
—
—

SETE DA MÁ SORTE

Crianças discutem com os pais
É o que elas fazem, mas às vezes uma criança
Sai pela porta cheia de raiva e se esvai
Em uma memória. A casa da vovó e do
Vovô estava esperando, mas você foi vista
Pela última vez andando, uma garotinha solitária. Sete anos
Sete é um número da sorte? Não há sorte nenhuma nisso, os anos
Continuam à deriva, e seu ursinho de pelúcia nunca foi
Encontrado.

Case No. _____ Nome: Daffany Sherika Tullos
Type of offense _____ Desaparecida em: Jackson, Mississippi
Description of evider Raça e/ou etnia: Negra
_____ _____ Idade ao desaparecer: 7 anos
Suspect _____ Desaparecida desde: 1988
Victim _____ Agência investigadora: Departamento de
                       Polícia de Jackson, +1 (601) 960-1234

(55. *)
–
–

MOTOR SILENCIOSO

Uma mãe deixa os filhos na piscina
Em um dia de verão, um filho que brilha e uma
Filha que irradia a brisa fresca do anoitecer
Com sonhos de um lugar a estados de distância, ela
Se enfia dentro de um carro de promessas que se tornaram azedas
    e afiadas
Ele foi torturado na cadeia por imagens de algo
Assustador, recusas para falar em língua amarga
Sobre coisas inexplicáveis que dançam por trás dos seus
Olhos.

Case No. _____ Nome: Ashley Renée Martinez
Type of offense ____ Desaparecida em: Saint Joseph, Missouri
Description of evider Raça e/ou etnia: Caucasiana
_____ Idade ao desaparecer: 15 anos
    Desaparecida desde: 2004
Suspect _____ Agência investigadora: Departamento de
Victim _____   Polícia de Saint Joseph, +1 (816) 271–4777

(56. *)
—
—

A menor das corças, com olhos de corça
Maria Corça, Maria Qualquer, Maria Ninguém
Quero pintar suas unhas de
Vermelho, mas não daquele vermelho que
Mancha seu suéter de tricô cor de creme
Quero brincar de casinha de boneca com
Você, mas não a casa mofada, bolorenta
E brutal em cujo porão você foi
Encontrada. Quero pentear seus
Cabelos, seus lindos cabelos, posso
Apenas imaginar que são sedosos como
A teia de uma aranha, mas apenas esses
Aracnídeos sabem onde está seu rosto
Agora, pois ele estava faltando quando
Encontraram você ali.

Case No. _____ Nome: Desconhecida
Type of offense ____ Restos mortais encontrados em: St. Louis, Missouri
Description of evider Raça e/ou etnia: Negra
____ _____ Idade ao desaparecer: Entre 8 e 11 anos
Suspect _____ Descoberta em: 1983
Victim _____ Status do caso: Sem solução
Agência investigadora: Departamento de
      Polícia de St. Louis, +1 (314) 444-0100

(57. *)

—
—

QUE QUANTIA É SUFICIENTE?

A recompensa vai mesmo persuadi-los?
Aqueles que sabem de alguma coisa, que
Podem transformar tudo isso em uma imagem
Dez mil dólares de recompensa. Seria suficiente
Para extrair informações sobre o que aconteceu
Em um dia tão distante? E sua comunidade,
Sua família, suas esperanças. Sua avó
Diz não entender como alguém
Desaparece e como ninguém
Vê nada, mas o que devemos ver é que
São duas tragédias, aquela em que
Você desaparece e aquela que jaz na crueldade
De quem se recusa a falar, pois tal pessoa, escondida
Prefere proteger o traficante

Case No. _____
Type of offense _____
Description of evider

_____ _____
Suspect _____
Victim _____

Nome: Jermain Austin Charlo
Desaparecida em: Missoula, Montana
Raça e/ou etnia: Índigena norte-americana
Idade ao desaparecer: 23 anos
Desaparecida desde: 2018
Agência investigadora: Departamento de
    Polícia de Missoula, +1 (406) 552-6300

(58. *)

—

—

JOVEM DESAPARECE, POLÍCIA NÃO CONSEGUE ENCONTRÁ-LA

A reserva tem mais de seiscentos mil hectares
Sua irmã está gritando seu nome, que é
Carregado através da grama e da
Copa das árvores, mais de uma dúzia de boatos
Confiáveis ou não sobre o seu paradeiro, onde
Você esteve? Toda vez que eles fazem buscas
É um grupo diferente, com quem está
Disponível, com quem tem tempo. Os indícios
Aparecem, e eles são terríveis
Fim da busca. Machuca sua irmã
Pensar em você lá fora nas montanhas
Ela não quer encontrar você nas
Montanhas, mas, caso encontre, ela vai
Trazer você para casa. Irmãs que cresceram
Cuidando de cavalos, limpando a neve com pás e
Cortando lenha, agora uma irmã que caminha
Com medo, ainda que esperançosa, sobre o que
A grande reserva imersa em rumores
Tem a mostrar.

ase No. _____

pe of offense ____

escription of evider

_ _ ___ _____

uspect _____

ctim _____

Nome: Ashley Mariah Loring
Desaparecida em: Browning, Montana
Raça e/ou etnia: Indígena norte-americana
Idade ao desaparecer: 20 anos
Desaparecida desde: 2017
Agência investigadora: Departamento de
        Polícia Blackfeet, +1 (406) 338-4000

(59. *)

‒

‒

‒

MISSIONÁRIOS BRASILEIROS

Os restos mortais do seu filho foram encontrados perto de
    onde vocês dois
Foram atirados na água, no rio Missouri. Depois que eles
Espancaram seu marido até a morte na sua frente, arrastaram
Você e seu filho e enforcaram ambos. Vocês todos estavam tão
Longe de casa, deixando sua cidade no Brasil para fundar uma
Igreja, um lugar sagrado de adoração, de contemplação, de
    reflexão
Você viu seu reflexo no vidro quando eles puseram as
Mãos nele? Uma família aniquilada por quatro mil dólares,
Usados para pagar comida e roupas por aqueles que diziam que
Vocês não pagavam o bastante. Eles estão pagando o bastante
    agora?
Até onde os ossos no rio podem chegar antes de
Dar meia-volta?

Case No. _____
Type of offense _____
Description of evider _____
_____ _____
Suspect _____
Victim _____

Nome: Jacqueline Szczepanik
Desaparecida em: Omaha, Nebraska
Raça e/ou etnia: Latina
Idade ao desaparecer: 43 anos
Desaparecida desde: 2009
Agência investigadora: Departamento de
        Polícia de Omaha, +1 (402) 444-5600

(60. *)
—
—

POR QUE NINGUÉM TE LEVOU PARA CASA

Você brigou com a sua melhor amiga e
Ela mandou você ir embora. Você saiu da festa,
Deixando para trás casaco e bolsa em
Uma noite fria. Houve intenção ou a saída
Foi forçada? Andando pelo campus, de volta ao seu
Dormitório, mensagem para uma amiga às três da manhã
Você estava perdida e não sabia como encontrar a
Si mesma, e assim a noite continuou
Cheirando a cerveja azeda, com gosto de
Tequila amarga. Dizem que uma pessoa com quem
Você saiu certa vez, só uma vez, disse que você
Concordou em fazer coisas, que aceitou coisas, tudo
Para tornar o caso sobre você, mas
Ele foi julgado e condenado, e nós
Sabemos que ele te matou, mas tudo que temos
São marcas de pneu descendo rumo à margem do rio.

Nome: Tyler Marie Thomas
Desaparecida em: Peru, Nebraska
Raça e/ou etnia: Negra
Idade ao desaparecer: 19 anos
Desaparecida desde: 2010
Agência investigadora: Gabinete do Xerife
    do Condado de Nemaha, +1 (402) 274-3139

(61. *)

—

—

SÓ PERGUNTAS, NENHUMA RESPOSTA

As teorias e suspeitas se multiplicam
Em páginas da internet, documentários,
Relatos e mais relatos da garota
Que deu os primeiros passos rumo
Ao próprio mistério. Passos iniciais:
Tirar dinheiro do banco. Mandar um e-mail
Para os professores sobre a morte de um parente.
O segundo passo é sempre inesperado: um
Acidente de um carro só, você falou para uma testemunha
Que não precisava de ajuda, mas quando
A ajuda chegou, você não estava lá
Rastros invisíveis na neve e seu cheiro
Perdido a noventa metros da batida
E quando foram feitas perguntas sobre
A morte para a família, não havia nenhuma
Você iniciou as perguntas, mas quem detém
As respostas?

se No. _____
pe of offense _
scription of evi
... ._____
spect _____
tim _____

Nome: Maura Murray
Desaparecida em: Haverhill, New Hampshire
Raça e/ou etnia: Caucasiana
Idade ao desaparecer: 21 anos
Desaparecida desde: 2004
Agência investigadora: Departamento de
 Polícia de Haverhill, +1 (603) 787-2222

(62. *)
—
—

PARECIDAS

Seis semanas antes, havia Laureen Rahn
Seis semanas depois, havia você, ambas similares
Em aparência, mas com mais de uma década de
Diferença de idade; juntas, porém separadas, e ninguém
Sabe onde, a mais velha foi para uma festa
A mais nova estava em casa com os amigos
Festa do pijama da escola, conversando até tarde
Garotos e bebida, mas quando a mamãe chegou em
Casa, os corredores estavam escuros
Lâmpadas desparafusadas, a porta de trás
Escancarada, e a mamãe foi dormir, porque
Pensou ter visto você na cama, mas,
Ao acordar na manhã seguinte, percebeu que era
Sua amiga, e não você, sob aquelas
Cobertas, e como eles sempre pressupõem,
Uma menina é uma fugitiva, ligações
Suspeitas continuaram chegando por anos, sempre o silêncio
Do outro lado, e perguntas sobre motéis por
Todo o país, linhas pontilhadas de vício
Mas ninguém quer falar sobre como um
Serial killer morava nas proximidades, então adeus
Porque ele morreu e levou muita coisa junto.

Case No. _____ Inventory
Type of offense _____
Description of evidence_____
_____
Suspect _____
Victim _____
Date and time of recovery____

Nome: Denise Ann Daneault
Desaparecida em: Manchester, New Hampshire
Raça e/ou etnia: Caucasiana
Idade ao desaparecer: 25 anos
Desaparecida desde: 1980
Agência investigadora: Departamento de
    Polícia de Manchester, +1 (603) 668-8711

Nome: Laureen Ann Rahn
Desaparecida em: Manchester, New Hampshire
Raça e/ou etnia: Caucasiana
Idade ao desaparecer: 14 anos
Desaparecida desde: 1980
Agência investigadora: Departamento de
    Polícia de Manchester, +1 (603) 668-8711

O JORNAL SANGRA

(63. *) Era uma outra época, quando casamentos,
          nascimentos e todos esses acontecimentos
   —   Eram anunciados em jornais, e os jornais, lembra
   —   daqueles com anúncios onde se lia:
          "PROCURA—SE BABÁ — Com experiência. Garotas
              adolescentes. Deve amar crianças e
              trabalhar na casa do cliente"? Sua
          amiga ligou, mas os pais dela não gostaram da ideia
          De ver a filha trabalhando tão longe de casa.
              Você ligou e te ofereceram o emprego
          Seu pai até falou com ele e ficou mais
              confortável com o fato de mandar a filha
          Adolescente rumo à própria independência.
              O homem dizia se chamar
          John Marshall. Foi seu irmão quem esperou
              com você no ponto de ônibus
          No seu primeiro dia de trabalho, que também foi
              o último, pois seus pais ligaram para
          John Marshall depois que você não chegou em
              casa, o telefone tocou em um orelhão
          Do lado de fora de uma mercearia, e um terror
              frio se infiltrou, e não havia nenhum
          Emprego, nenhum John Marshall, e não
              havia nenhum garotinho para você
          Tomar conta. Seus pais já faleceram,
              mas você segue com frio.

Case No. _____   Nome: Margaret Ellen Fox
Type of offense ____   Desaparecida em: Burlington, New Jersey
Description of evider   Raça e/ou etnia: Caucasiana
                            Idade ao desaparecer: 14 anos
_____   Desaparecida desde: 1974
Suspect _____   Agência investigadora: Departamento de
Victim _____   Polícia de Burlington, +1 (609) 386—3300

(64. *)
—
—

UM DIA NO PARQUE

As pessoas enviam mensagens aos seus parentes
Alegando ter visões e dizendo que um
Pagamento seria capaz de revelar sua
Localização. Existem cartas enigmáticas
Que perturbam aqueles próximos à sua família
Com nomes, datas e lugares para procurar
Mas as buscas encontram apenas os receptáculos
Vazios de jogos doentios e pedidos de resgate
Você tomou sorvete momentos antes
No parque, no playground com o seu
Irmão, que foi encontrado chorando no chão
Dizendo que alguém levou você enquanto
Sua mãe estava sentada em um carro a apenas
Poucos metros de distância.

Case No. _____ Nome: Dulce Maria Alavez
Type of offense _____ Desaparecida em: Bridgeton, New Jersey
Description of evider Raça e/ou etnia: Latina
_____ _____ Idade ao desaparecer: 5 anos
Suspect _____ Desaparecida desde: 2019
Victim _____ Agência investigadora: Departamento de Polícia
de Bridgeton, +1 (856) 451-0033

(65. *)

—

—

—

MÃE DA MAGIA

Seus filhos dizem que você tinha a intensidade
De um parque de diversões, cantando e
Ninando, fazendo tortillas caseiras
E escrevendo cartas de amor
Seu próprio pai, um investigador particular,
Era capaz de encontrar quase qualquer estrela brilhante
Mas não foi capaz de enxergar a sua no céu
Escuro no dia em que decidiu não esperar e
Foi caminhando, e talvez tenha pegado carona
Rumo a uma constelação.

Case No. _____
Type of offense _____
Description of evider

_____
Suspect _____
Victim _____

Nome: Beatrice Marie Lopez Cubelos
Desaparecida em: Albuquerque, Novo México
Raça e/ou etnia: Latina
Idade ao desaparecer: 38 anos
Desaparecida desde: 1989
Agência investigadora: Departamento de
        Polícia de Albuquerque, +1 (505) 924-6093

(66. *)

—
—

A FOTO TROUXE ESPERANÇA

Jovem ciclista, teoria da conspiração
O caminhão que veio depois, ou os garotos
Que bateram, apenas uma manhã, aquela
Manhã, e agora lamentamos que você
Nunca tenha voltado do seu passeio de bicicleta
Uma rota que você percorreu vários dias
Muitas vezes com a sua própria mãe, sua
Mãe parou de andar de bicicleta porque estava sendo
Perseguida, e o medo a deixou suando frio
Se eu não estiver em casa ao meio—dia, venha
Me buscar, mamãe, mas ela não estava naquela
Rota, nem a bicicleta, apenas fragmentos
De um Walkman, de uma fita—cassete
E nada foi visto, mas então apareceu
Aquela carroceria azul—clara de um
Ford Camper 1953, e uma Polaroid de 1989
Foi encontrada a vários estados de distância, essa é você?
Imagem revelada em química, filmada
Após ter evaporado por aqui.

Case No. _____
Type of offense _____
Description of evider
_____
Suspect _____
Victim _____

Nome: Tara Leigh Calico
Desaparecida em: Belen, Novo México
Raça e/ou etnia: Caucasiana
Idade ao desaparecer: 19 anos
Desaparecida desde: 1988
Agência investigadora: FBI, Albuquerque,
Novo México +1 (505) 224—2000

(67. *)

—
—

TÃO PERTO DE CASA

Dois meses depois que você evaporou,
Seu crachá do trabalho foi encontrado em um
Estacionamento para visitantes, desbotado
E exposto ao tempo. A meros metros de
Distância fica o ponto de ônibus de onde você
Deveria ter saído para se encolher no quarto do
Alojamento, com sonhos de um futuro ignorado
Considerada insignificante nesse meio-tempo por um
Perseguidor ou por aquele amigo que não perguntou
Como você estava e teria ficado preocupado
Ou será que foi no espaço entre chaves e fechadura,
Entre os passos que separavam transporte
E porto seguro?

Case No. _____
Type of offense _____
Description of evider

___ _____
Suspect _____
Victim _____

Nome: Suzanne Gloria Lyall
Desaparecida em: Albany, Nova York
Raça e/ou etnia: Caucasiana
Idade ao desaparecer: 19 anos
Desaparecida desde: 1998
Agência investigadora: Polícia do Estado
de Nova York, +1 (519) 783-3211

NANA NENÉM

(68. *) A recém-nascida,
Enrolada em
— Fitas rosas, azuis
— E amarelas, chora
Uma arma apontada
Para a têmpora
Da sua mãe, que
Admirava sua bebê
No berçário e dizia
Que você era a
Mais bonita
E a mais quietinha
Quando chorou naquela
Noite, você sabia que
Não era sua mãe que
A segurava?
Tantos anos
Leite de bebê azedo
Será que você
Também é mãe agora?

Case No. _____
Type of offense _____
Description of evider
_____
Suspect _____
Victim _____

Nome: Marlene Santana
Desaparecida em: Brooklyn, Nova York
Raça e/ou etnia: Latina
Idade ao desaparecer: 3 dias
Desaparecida desde: 1985
Agência investigadora: Departamento de Polícia
de Nova York, +1 (646) 610-6914

(69. *)

A HISTÓRIA DE UMA MENINA

Cuidado com discussões, ou você nunca verá
O que jaz a poucos passos da sua porta, uma poça de
Inquietação, um abismo de dúvida, e o lugar final,
A hora final em que você será vista, então veja a
História de uma menina que discutiu com a mãe em
Um novo lugar chamado casa, mas que não era a sua antiga
Casa, aquela que ficava em outro estado, e hoje o que sabemos?
Hoje tudo que sabemos é que não sabemos de nada
Algumas pessoas viram, outras não sabem
Suspeitos, detalhes do desaparecimento, e na verdade
Tudo que resta são fragmentos desconexos, um lugar
Remoto, declarações contraditórias. Nenhuma atividade
Na previdência social, na pesquisa pela carteira de motorista
O que sabemos, se tudo que sabemos é que certa vez
Houve uma menina, uma menina não encontrada?

Case No. _____
Type of offense _____
Description of evider
_____
Suspect _____
Victim _____

Nome: Shantelle Hudson
Desaparecida em: Dayton, Nevada
Raça e/ou etnia: Indígena norte-americana
Idade ao desaparecer: 16 anos
Desaparecida desde: 1988
Agência investigadora: Gabinete do Xerife
 do Condado de Lyon, +1 (775) 577—5023

(70. *)
—
—

ELA SAIU DA ESTRADA

Não sabemos o que ela estava pensando
Talvez sonhasse com aventuras
Nos dias antes de partir, ela disse ter lido
O Saco de Pancadas, de Sid Fleischman,
Sobre um pequeno príncipe que foge
Para um reino seguro, mas
Não havia abrigo lá aonde
Você foi. Pensamos que tivesse saído de casa
Sozinha, em busca daquela jornada mágica
Que nem as crianças do seu livro, mas, ao contrário
Da história infantil, seu conto termina
Em tristeza, confusão, vista pela última vez
Andando pela u.s. Highway 18, talvez entrando
Em um carro verde, cheio de ferrugem e crostas
Dias depois, seu laço de cabelo do Mickey
E seu lápis foram encontrados do lado de fora de
Um galpão de ferramentas, e, mais tarde, outros dos seus
Encantos foram achados espalhados a quilômetros
De casa.

Case No. _____
Type of offense _____
Description of evider
_____
Suspect _____
Victim _____

Nome: Asha Jaquilla Degree
Desaparecida em: Shelby, Carolina do Norte
Raça e/ou etnia: Negra
Idade ao desaparecer: 9 anos
Desaparecida desde: 2000
Agência investigadora: Gabinete
        do Xerife do Condado de
        Cleveland, +1 (704) 484-4822

(71. *)
—
—

ESTOU SAINDO PARA UM PASSEIO

Mais anos já se passaram nesse meio-tempo
Do que aqueles em que você esteve conosco
O policial nos conta que há vários casos
Dos quais ele sabe que vai se lembrar
Quando estiver aposentado e cansado, e esse
Será um deles. Uma garota de quinze anos
Devia poder sair para um passeio sem ser considerada
Fugitiva, e, caso fosse uma fugitiva,
Devia ser procurada, pois não podemos
Deixar de levá-las a sério, elas são
Nossas, suas amigas sentem saudades, mas deram
Um jeito de continuar, e seus familiares sentem
Saudades, tendo remendado juntos
Uma existência cheia de rachaduras
Fotos simuladas encontram algumas pessoas
Mas não todas.

Case No. _____
Type of offense ____
Description of evider
____ _____
Suspect _____
Victim _____

Nome: Amy Danielle Gibson
Desaparecida em: Greensboro, Carolina do Norte
Raça e/ou etnia: Caucasiana
Idade ao desaparecer: 15 anos
Desaparecida desde: 1990
Agência investigadora: Departamento de Polícia
    de Greensboro, +1 (336) 373-2222

(72. *)
—
—

ELA ERA MINHA AMIGA

Dias se passam até que seu pai ou qualquer outra pessoa
Note que você sumiu, a doce menina cujos
Pensamentos eram como os de uma criança, inocentes, feito mel
Uma amiga da sua antiga cidade se lembra de você e acha
Que ouviu você dizendo que tinha um namorado chamado Todd
Mas ninguém nunca conheceu esse namorado, e era um homem
Chamado Floyd Todd Tapson que atacava
       pessoas com deficiência,
Frágeis e desamparadas, ele trabalhava em
       um abrigo para elas, essas
Pessoas tão únicas quanto conchas do mar ou o pôr do sol
Da Dakota do Norte, e talvez você só
       estivesse procurando por calor,
Pois o inverno feroz estava a semanas de distância, e você foi
Varrida antes que a neve chegasse.

Case No. _____
Type of offense _____
Description of evider
_____
Suspect _____
Victim _____

Nome: Kristi Lynn Nikle
Desaparecida em: Grand Forks,
      Dakota do Norte
Raça e/ou etnia: Caucasiana
Idade ao desaparecer: 19 anos
Desaparecida desde: 1996
Agência investigadora: FBI,
     +1 (612) 376–3200

(73. *)
—
—

SEM DINHEIRO PARA ENCONTRAR VOCÊ

As buscas pelo seu corpo foram descontinuadas
Devido à restrição financeira. Imagine a tensão que
Sua mãe passou, sabendo que tudo que encontraram
De você foi uma corda e um bloco de concreto usado para
Te afundar no rio Sheyenne. Uma garotinha andando de patins
Com a amiga em uma tarde de verão, entrando na
Loja de conveniência com sonhos pontilhados por
Vaga—lumes, e sua amiga chegou em casa e ficou olhando
Enquanto você se afastava. Um vizinho arrastou você
Para a garagem dele e fez coisas que nenhum
Vizinho jamais deveria fazer. Você disse que
Contaria, e ele afirma que a morte foi acidental, mas
Se ele nunca tivesse te levado, se nunca tivesse te tocado,
Então você estaria aqui, e não presa sob a
Corrente de um rio, e ele tentou ir embora, escapando das
Barras e das celas, vestindo—se para uma nova vida, reconhecido
E aprisionado outra vez, mas a verdadeira prisão foi
Aquela que sua mãe viveu até o dia em que morreu,
Sabendo que os sonhos de pôr do sol no verão
Com gosto de sorvete e a risada da sua menininha repousam
No leito de um rio.

Case No. _____ Nome: Jeanna Dale North
Type of offense ____ Desaparecida em: Fargo, Dakota do Norte
Description of evider Raça e/ou etnia: Caucasiana
Idade ao desaparecer: 11 anos
_____ Desaparecida desde: 1993
Suspect _____ Agência investigadora: Departamento de
Victim _____ Polícia de Fargo, +1 (701) 241—1437

DIA NO ESCRITÓRIO

(74. *)

—

—

Uma cruz pendurada no seu pescoço
Duas semanas depois que ela deixou o carro
No estacionamento do trabalho, ela
Supostamente deveria começar na Escola
Bíblica, para aprender e ter esperança sobre
Coisas além do aqui e agora
As portas do escritório estavam trancadas
O rádio estava ligado, e todos os
Indícios de que você esteve lá
Estavam ali, pairando no ar
Como segredos trocados entre um
Advogado e seu cliente, cujos
Segredos você pode ter ouvido
Sem querer, ambos sentados na prisão
Condenados. Seus pais já
Faleceram. Seu pai acreditou que você
Já tinha morrido e ordenou que seu
Desalento fosse destacado no próprio obituário
Declarando que você o havia precedido na
Morte.

Case No. _____
Type of offense _____
Description of evider
_____
Suspect _____
Victim _____

Nome: Cynthia Jane Anderson
Desaparecida em: Toledo, Ohio
Raça e/ou etnia: Caucasiana
Idade ao desaparecer: 20 anos
Desaparecida desde: 1981
Agência investigadora: Departamento de Polícia
de Toledo, +1 (419) 245-3151

MENSAGEM PARA VOCÊ

(75. *)
—
—

Estou a
Caminho
Te encontro
Em breve
Estou pegando
O ônibus.
Estou no
Ônibus.
Saí do
Ônibus.
Andando
Quase
Chegando
Eu
Estou...

Case No. _____
Type of offense _____
Description of evider
_____
Suspect _____
Victim _____

Nome: Le-Shay Monea N'cole Dungey
Desaparecida em: Columbus, Ohio
Raça e/ou etnia: Negra
Idade ao desaparecer: 19 anos
Desaparecida desde: 2018
Agência investigadora: Divisão de Polícia
    de Columbus, +1 (614) 645-4545

ELA SE MANTÉM FIRME NO BOSQUE

(76. *)

—
—

Ela implora por você quando te procura
Cartazes colados pela cidade
Organizando buscas, vasculhando
Campos, movendo montanhas
Para drenar um lago. Queremos respostas
Sua Nação Cherokee, uma das centenas
De ativistas que invadiram capitólios
Estaduais e inundaram redes sociais,
Questionando o que está havendo com nossas
Mulheres indígenas desaparecidas e assassinadas
Dos lagos e rios do Alasca até
As planícies de Oklahoma, uma
Crise para nossas mulheres, cento e quarenta e cinco
Apenas em Oklahoma, e quando uma
      quantidade assim de
Mulheres desaparece em tal lugar, alguém
Sabe de alguma coisa, há boatos e olhares,
Acenos que indicam compreensão, por isso, me conte
O que aconteceu com ela? Shorty, a baixinha,Foi
      vista por último em uma rua de cascalho fora
De casa. Certa vez, um pastor disse a ela
Que jogasse suas sapatilhas de balé no
Fogo, disse a ela que não se vestisse como mulher
Mas ela é mulher, nossa mulher
Ela é uma mulher desaparecida, que recebia olhares
De desprezo dos colegas, soluçando
Quando aquele homem de Deus a forçou
A jogar as sapatilhas fora, mas, depois daquele
Momento de dor, ela ficou conhecida por
Sorrir, e agora nós sorrimos, canalizando
Sua energia, pois a verdadeira dor é
Saber que a atenção que elas merecem
Também se perdeu.

Case No. _____ Inventory #
Type of offense _____
Description of evidence_____

_____
Suspect _____
Victim _____
Date and time of recovery_____

Nome: Aubrey Dameron
Desaparecida em: Grove, Oklahoma
Raça e/ou etnia: Indígena norte-americana
Idade ao desaparecer: 25 anos
Desaparecida desde: 2019
Agência investigadora: Departamento de Investigação
  do Estado de Oklahoma +1 (918) 582-9075

MEU DIA DOS NAMORADOS

(77.*)   Tal mãe, tal filha
A filha desapareceu quatro
— Anos e meio após o dia
— Em que a mãe desapareceu
A mãe tinha acabado de
Deixar as crianças com a
Babá, planejava ver
Um filme com as amigas, mas
Havia mesmo uma sessão de filme? O que
Você assistiu? A filha sabia
De alguma coisa? O carro da mãe
Foi encontrado depois, detonado,
Abandonado, tudo levado
Tudo perdido. Havia corações
De Dia dos Namorados ou
Bilhetinhos no dia em que você partiu?

Case No. _____ Nome: Nancy Jean Medina
Type of offense ____ Desaparecida em: Oklahoma City, Oklahoma
Description of evider Raça e/ou etnia: Caucasiana
_____ _____ Idade ao desaparecer: 36 anos
Suspect _____ Desaparecida desde: 1984
Victim _____ Agência investigadora: Departamento de Polícia
          de Oklahoma City, +1 (405) 232-5311

Case No. _____ Nome: Meredith Ann Medina
Type of offense ____ Desaparecida em: Midwest City, Oklahoma
Description of evider Raça e/ou etnia: Latina
_____ _____ Idade ao desaparecer: 16 anos
Suspect _____ Desaparecida desde: 1989
Victim _____ Agência investigadora: Departamento de Polícia
          de Midwest City, +1 (419) 245-3151

AMOREIRAS

(78. *)

—

—

Ela desapareceu em dezembro, mês
        de flocos de neve e de
Biscoitos natalinos, de presentes
        embalados em dourado, vermelho e
Verde. Encontraram alguns pertences
        seus espalhados em uma área
Rural qualquer onde, seis meses mais tarde,
        acharam também seus restos
Mortais, e, naqueles meses, um corretor de
        imóveis que mostrava uma casa
Viu os pertences de Allyson, e talvez
        fosse Allyson implorando
Para ser achada, e ela permaneceu ao ar livre, sob o
Sol, a lua e as estrelas ao longo do
        inverno e do degelo da primavera
E a grama brotou entre seus dedos, e a chuva caiu
Em sua testa durante aquele período,
        a mesma testa que recebia
Beijos da mãe, e os raciocínios se tornaram confusos,
O namorado disse que os dois foram
        fazer uma trilha com amigos,
O namorado disse que ela se separou deles,
        e ah não eles se perderam
Um do outro, relatórios inconsistentes, cheios
        de mudanças na linha do tempo
E durante todo aquele tempo ela estava perto, a
        metros de distância da estrada principal,
Entre arbustos de amoreira mais altos que casas.

Case No. _____

Type of offense _____

Description of evider

_____

Suspect _____

Victim _____

Nome: Allyson Watterson
Restos mortais encontrados em: North Plains, Oregon
Raça e/ou etnia: Caucasiana
Idade ao desaparecer: 20 anos
Ano de desaparecimento: 2019
Status do caso: Sem solução
Agência investigadora: Departamento de Polícia
        de North Plains Oregon, +1 (503) 647—2604

(79. *)
–
–

MENINA DOS OLHOS DE MAÇÃ

Você levou a bebê?
A bebê estava no carro
Não usava o cinto,
Pois não havia cadeirinha
Eu fui pescar com a
Bebê, e a bebê estava
Lá. Depois dirigi até o
Supermercado, o Clyde's,
Porque percebi de repente
Que precisava de maçã. Sim,
Era exatamente do que eu
Precisava. Deixei a bebê
No carro. Saí por poucos
Minutos, as mãos carregando
Segundos que cabem com
Conforto na minha palma. Quando
Voltei, a bebê tinha sumido
Será que ela brotou?
Semente de maçã. Macieira.

Case No. _____   Nome: Annalycia Maria Cruz
Type of offense ____ Desaparecida em: Chiloquin, Oregon
Description of evider Raça e/ou etnia: Latina
_____ _____   Idade ao desaparecer: 7 meses
Suspect _____   Desaparecida desde: 1994
Victim _____   Agência investigadora: Gabinete do Xerife do
                          Condado de Klamath, +1 (503) 474–5120

(80. *)

—

—

MORADA AMARGA

A mamãe não estava em casa, mas você estava em casa com
Seu padrasto, seus hematomas espalhando preocupação
Entre as amigas, pele roxa e azul, a do seu irmão também
Ele não ficou preocupado quando você não voltou, não
Sabia o dia do seu aniversário, mas soube dizer seu peso
E o tamanho do seu sutiã para a polícia. Sua mãe o deixou, e ele
Deixou para trás corpos de mulheres, quantas mais? Ele
Morreu na cadeia, tendo admitido seu assassinato, mas
Se recusou a revelar onde você repousa, em uma adormecida
Eternidade, o mais cruel dos segredos.

Case No. _____
Type of offense ____
Description of evider
_____
Suspect _____
Victim _____

Nome: Rachanda Lea Pickle
Desaparecida em: Sweet Home, Oregon
Raça e/ou etnia: Caucasiana
Idade ao desaparecer: 13 anos
Desaparecida desde: 1990
Agência investigadora: Gabinete do Xerife
do Condado de Linn, +1 (541) 967—3911

(81. *)
—
—

CACOS DE INFORMAÇÃO

Vista pela última vez tomando chá, suas coisas
Largadas ao longo de uma ponte, e agora
Elas enchem cadeiras, espalhadas no piso
Vigília sob a luz de velas cristalinas, as chamas
Lançando sombras ao longo das suas artes
Flores recém—cortadas, tão gratas por seu
Sopro de vida, alerta de pessoa
Desaparecida, investigação ativa, tangível
Esperança, vista pela última vez, preocupados com o seu
Paradeiro, eles acharam cacos de cerâmica
Quebrada, e por onde você anda?
Temos seu telefone. Pode nos ligar?

Case No. _____
Type of offense _____
Description of evider

___ _____
Suspect _____
Victim _____

Nome: Tonee Turner
Desaparecida em: Pittsburgh, Pensilvânia
Raça e/ou etnia: Negra
Idade ao desaparecer: 22 anos
Desaparecida desde: 2019
Agência investigadora: Departamento
     de Polícia de Pittsburgh,
     +1 (412) 323—7800

(82. *)
—
—

ELE COMPROU UM PÔNEI PARA VOCÊ

Sua irmã conversa com você em uma página do Facebook que
Ela criou para honrar sua memória, para manter sua foto à vista
E você provavelmente nem sabe o que é o
Facebook ou o que são redes sociais, porque
     a última vez que sua irmã
A viu foi há quarenta e quatro anos, e ah, o mundo que
Você perdeu, os momentos em família que passaram
Voando, e você perdeu tudo isso, as risadas frequentemente
Interrompidas por silêncio e lágrimas, não há muitas
Fotos suas, e aquelas que vimos estão em
Preto e branco, como se você existisse em um antigo
Programa de tv, e nesse programa você saiu para visitar
O cavalo que ganhou de presente do seu cunhado
E essa foi a última vez que você foi vista, e
Eu me pergunto como os lamentos dos cavalos soam
Vindos dos estábulos.

Case No. _____ Nome: Edna Christine Thorne
Type of offense _____ Desaparecida em: Filadélfia, Pensilvânia
Description of evider Raça e/ou etnia: Caucasiana
_____ Idade ao desaparecer: 15 anos
Suspect _____ Desaparecida desde: 1975
Victim _____ Agência investigadora: Departamento de Polícia
           da Filadélfia, +1 (215) 685–1173

(83. *)
—
—

—

CANÇÃO DA ILHA

Meninas da ilha. Abençoadas pelo sol e condenadas
Por todo o resto. Uma, de doze anos,
Levou apenas o celular. Outra, de treze anos,
Deixou a casa dos avós durante a noite
Gostava de conversar em bate-papos virtuais, onde
Ele gostava de espreitar. Outra, de dezessete anos,
O que sabemos de você são aquelas fotos suas que foram
Encontradas em um saco enterrado no pátio dele
Será que o homem não aguentava mais olhar para o que tinha
Feito? Até mesmo o irmão dele confirmou que ele
Conhecia você. Podemos deduzir que existem muitas
Mais, faces de meninas cujas fotos nunca
Serão tiradas, enterradas sob cachoeiras,
Praias, cemitérios aquáticos no Oceano Pacífico
Podemos ouvir suas canções de luto emergindo da
Floresta tropical à noite, suplicando, venham me
Encontrar.

Nome: Kamyle Stephanie Burgos Ortiz
Desaparecida em: San Lorenzo, Porto Rico
Raça e/ou etnia: Latina
Idade ao desaparecer: 12 anos
Desaparecida desde: 2006
Agência investigadora: Escritório da
    Interpol em Porto Rico, +1 (787) 744-7552

Nome: Cristina Ester Ruiz-Rodriguez
Desaparecida em: Guayanilla, Porto Rico
Raça e/ou etnia: Latina
Idade ao desaparecer: 13 anos
Desaparecida desde: 2006
Agência investigadora: Escritório da Interpol
    em Porto Rico, +1 (787) 475-4378

Nome: Yeritza Aponte-Soto
Desaparecida em: Juana Diaz, Porto Rico
Raça e/ou etnia: Latina
Idade ao desaparecer: 17 anos
Desaparecida desde: 2001
Agência investigadora: Escritório da Interpol
    em Porto Rico, +1 (787) 475-4378

Case No. _____ **Inventory #**
Type of offense _____
Description of evidence _____
_____
Suspect _____
Victim _____

(84. *)
—
—

JOGUE FORA
AS PALAVRAS

Alto risco, é isso o que a polícia fala quando quer insinuar
Que seu assassinato era provável, justificado, mas o que eles
Não chamam de alto risco, o estilo de vida que não questionam
É aquele dos habilidosos com banheiras manchadas de sangue
Que apunhalam, cortam, fatiam, deslocam. Que seguem passos
Rastreiam humanos. Carregam partes desmembradas de um corpo
Enroladas em plástico, um presente, uma
        oferenda para lixeiras e aterros
Os humanos mais maculados que não se desculpam por aqueles que
Jogaram fora, cujos gritos os atiçam e enchem de alegria
Que subsistem e se sustentam do horror, vamos enterrar as
Palavras "estilo de vida de alto risco" e substituí-las por
Homem que a assassinou, um homem, que não é só um homem, é um
Serial killer.

Case No. _____ Nome: Audrey Lynn Harris
Type of offense _____ Desaparecida em: Woonsocket, Rhode Island
Description of evider Raça e/ou etnia: Negra
_____ Idade ao desaparecer: 33 anos
Suspect _____ Desaparecida desde: 2003
Victim _____ Agência investigadora: Departamento de
                Polícia de Woonsocket, +1 (401) 766-1212

(85. *)
—
—

—

BÚSSOLA

Tartarugas e uma rosa, tatuagem de bússola
Poderia essa bússola apontar sua
Direção? Guardiãs do norte,
Caçadoras do leste, sul e por fim
Oeste, as flechas estão partidas, seu
Carro foi localizado no atracadouro de
Peachtree, junto ao rio Waccamaw
Informações falsas postadas em redes
Sociais, fazendo girar a direção na qual
Deveríamos procurar, um marido
E a esposa foram mais tarde acusados
Pelo seu assassinato, mas ele só foi
Condenado a trinta anos, qual é o
Castigo por uma vida roubada
Do tempo?

Case No. _____
Type of offense _____
Description of evider
_____
Suspect _____
Victim _____

Nome: Heather Rachelle Elvis
Desaparecida em: Myrtle Beach, Carolina do Sul
Raça e/ou etnia: Caucasiana
Idade ao desaparecer: 20 anos
Desaparecida desde: 2013
Agência investigadora: Departamento de Polícia
    do Condado de Horry, +1 (843) 915-5350

(86. *)

—
—

JUIZ REJEITA ACUSAÇÕES DE HOMICÍDIO EM CASO DE MENINA DESAPARECIDA

Menina vista pela última vez com a amiga. Qual é a cor dos seus
Olhos, menina? Castanhos, como a asa da águia. E de que cor é seu
Cabelo, meu bem? Preto como a pena do corvo. Conte para mim
Sobre o resto. Orelhas furadas. Sapatos pretos.
  Bolsa vermelha. Uma camisa
Listrada de preto e amarelo. Era um dia para passear, um dia para
Coisas empolgantes, então Sandi e eu pegamos
  a estrada, dois polegares
Sinalizando uma jornada, e pouco depois
  um caminhoneiro parou, e é
Quando as coisas param que as outras coisas começam, na casa dele
"Vamos pegar comida para vocês e depois levá—las de volta em
Casa para que possam tomar banho e comer".
  Naquele lar de horrores
Encontrei surras e pulsos amarrados em cabides e fita adesiva
Ela escapou, metade nua e metade quebrada, buscando a ajuda
De um vizinho, mas, quando a polícia chegou,
  ele e eu havíamos sumido
Só me lembro de dois bichos de pelúcia, um sapo verde e uma cobra
Cor—de—rosa usando gravata borboleta, todos
  nós brinquedos no caminhão dele.

Case No. _____   Nome: Sharon Baldeagle
Type of offense ____   Desaparecida em: Eagle Butte, Dakota do Sul
Description of evider Raça e/ou etnia: Indígena norte—americana
_____ _____   Idade ao desaparecer: 12 anos
Suspect _____   Desaparecida desde: 1984
Victim _____   Agência investigadora: Gabinete do Xerife do
       Condado de Fall River, +1 (605) 745—4444

(87. *)
—
—

DESCONHECIDA ALVEJADA

Eles a pegaram no Condado de Greene
Ela, e os dois homens chutaram a porta de
Uma casa, mas não a da casa deles, e uma espingarda
Escancarou a porta e a encontrou
Os dois homens afirmaram sequer saber
O nome dela, "Vítima não trazia identificação
Alguma consigo". Ainda assim, ela fala conosco
Por meio de pistas, cabelos castanhos e olhos castanhos
Camisa dos Miami Dolphins e as letras
"BH" tatuadas na parte superior do braço
Além dos buracos de bala que perfuram seu
Cadáver, o legista encontrou uma vida de dor,
Fratura cicatrizada na clavícula, vértebras esmagadas
Pinos de metal e placas de metal, e você
Deixou para trás a pulseira de metal
E também seu próprio nome.

se No. _____
e of offense _____
scription of evider
___ _____
spect _____
tim _____

Nome: Desconhecido
Restos mortais encontrados em: Condado de Knox, Tennessee
Raça e/ou etnia: Caucasiana
Idade ao desaparecer: entre 21 e 30 anos
Descoberta em: 1987
Status do caso: Sem solução
Agência investigadora: Departamento de Polícia
        do Condado de Knox, +1 (865) 992—1070

(88. *)

—

—

—

O QUE PODERIA TER SIDO

Vamos imaginar a vida que você teria vivido
Você era habilidosa, tinha ouvido para a música,
Sabia dançar e nadar. Vamos imaginar você como
Uma mulher realizada, uma curandeira de pessoas
Uma desenvolvedora de ideias, uma empreendedora
Que cria sistemas de paz e amor. Agora vamos
Imaginar que você nunca saiu da casa da sua mãe
Para ir ao apartamento da vizinha e que, naqueles
Minutos que desencadeiam a ruína, você
Chegou ao apartamento da vizinha e voltou para casa
E vamos imaginar que, em outra realidade,
Você está levando sua vida, uma vida plena e abençoada
Mas sabemos que essa bênção é uma mentira que engoliu
Você naquele espaço de tempo vazio.

Nome: Tasha Shante Wright
Desaparecida em: Dallas, Texas
Raça e/ou etnia: Negra
Idade ao desaparecer: 10 anos
Desaparecida desde: 1989
Agência investigadora: Departamento de Polícia
      de Dallas, +1 (214) 670-4426

SOLDADO DE PRIMEIRA CLASSE

(89. *) Quero minha filha viva, ela entrou
              naquela base viva, e é assim que
—   Espero vê-la. Soldado de Primeira Classe,
              sexualmente assediada, e não por um
—   Desconhecido, mas pelo comandante que
              devia protegê-la. O Sargento
         Chamou você no seu dia de folga, e por que
              isso? Classe, ela era pura classe, e
         Era corajosa como os soldados são corajosos,
              e era puro Texas e Estrela Solitária
         E tantas pessoas precisaram gritar seu
              nome, entre estranhos e amigos,
         Mães e colegas, e por que o quartel dela
              foi esvaziado, e por que ela
         Não estava presente na revista, e por que
              você não achou isso estranho, e
         Onde está minha irmã, e "Como isso pode
              acontecer em uma base militar? Como isso
         Pode acontecer enquanto ela estava em serviço?
              Como pode acontecer e ser varrido
         Para baixo do tapete como se não fosse nada? Eles
              lidam com assédio sexual, violência sexual
         Como se fosse piada. Você já viu a hashtag 'Eu
              sou Vanessa Guillén'? Todos aqueles homens
         E mulheres no nosso serviço que sofrem
              assédio e sofrem agressão sexual
         Porque denunciaram. Eles acham que é
              tudo piada. Minha irmã não é
         Piada. Minha irmã é um ser humano, e quero
              justiça. Eu quero respostas
         Porque minha irmã não faria isso a si
              mesma. Alguém fez". E quando,
         Depois do alvoroço, depois das celebridades,
              depois que os políticos finalmente a

Chamaram pelo nome, as autoridades
    finalmente se aproximaram
    e abordaram o
Comandante, o suspeito, uma víbora, ele
    estendeu a mão, pegou a arma e
Atirou em si mesmo. Quando perguntaram
    à irmã se ela já conhecia o suspeito
Ela disse que sim, ele havia rido
    dela poucos dias antes.

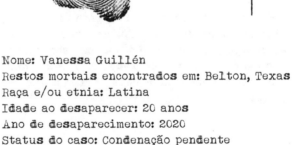

Nome: Vanessa Guillén
Restos mortais encontrados em: Belton, Texas
Raça e/ou etnia: Latina
Idade ao desaparecer: 20 anos
Ano de desaparecimento: 2020
Status do caso: Condenação pendente

(90. *)
—
—

APRISIONADA EM ÂMBAR

Seu telefone vibra e toca por causa dela, Amber, âmbar
O alerta na forma do nome de uma criança de nove anos
Ela e o irmão andavam de bicicleta no estacionamento
Abandonado de um mercadinho, mas o irmão foi para casa
E a deixou sozinha em um dia de inverno em Arlington, Texas,
Ela foi mantida presa por dias, um estranho que mais tarde a
Cortou e a descartou em um córrego. O caso dela segue sem
     solução
Enquanto você talvez resmungue que o som dos seus aparelhos
     bradando
Uma placa de carro ou o nome de uma criança é uma
     inconveniência para
Você, tenho certeza de que a mãe de Amber adoraria ter recebido
     esse alerta
Que talvez, se o desaparecimento da filha tivesse soado e
     vibrado
Nas mãos de todos por perto, então talvez pudesse haver uma
Mínima chance de que a menina que ela carregou
No ventre por nove meses pudesse ser salva
Mas agora a mãe foi deixada com a casca das memórias e
A culpa de saber que aquele último abraço apertado era de fato
O fim.

ase No. _____ Nome: Amber Rene Hagerman
ype of offense __ Restos mortais encontrados em: Arlington, Texas
escription of evi Raça e/ou etnia: Caucasiana
    Idade ao desaparecer: 9 anos
_____ _____ Ano de desaparecimento: 1996
uspect _____ Status do caso: Sem solução
ictim _____ Agência investigadora: Departamento de Polícia
    de Arlington, +1 (817) 274-4444

(91. *)
–
–

DISFUNÇÃO FAMILIAR

Uma grande tragédia familiar americana
De amor jovem, que se tornou pútrido e
Imundo, um marido controlador e
Um sogro obcecado por sua
Querida e linda nora, os filhinhos
Também. Uma viagem para acampar
Tarde da noite no frio e na neve, e um
Garotinho dizendo que a mamãe não tinha voltado
De viagem, e depois dizendo que a mamãe
Estava morta. Quando a vovó e o
Vovô quiseram levar os garotinhos
Da mamãe para longe do papai, porque
Havia suspeitas de negligência e de
Crueldade e de assassinato, o papai trancou
As portas, ergueu uma machadinha e ateou
Fogo na casa, com ele e os dois
Meninos junto. O irmão dele se matou
Também, pulando do teto da garagem
Tudo depois de saber que ele havia vendido o carro
Apenas alguns dias após o sumiço da cunhada
O sogro morreu, e todos aqueles que eram
Suspeitos agora se foram e estão mortos, e
Nenhuma das cartas de suicídio mencionava
Onde a mamãe podia ser encontrada.

Case No. _____
Type of offense ____
Description of evider
_____
Suspect _____
Victim _____

Nome: Susan Marie Cox Powell
Desaparecida em: Cidade de West Valley, Utah
Raça e/ou etnia: Caucasiana
Idade ao desaparecer: 28 anos
Desaparecida desde: 2009
Agência investigadora: Departamento de Polícia
    de West Valley, +1 (801) 963-3462

(92. *)
—
—

—

VÍTIMA DO SERIAL KILLER DA AMÉRICA

Seus restos mortais nunca foram encontrados ou
Recuperados. Não se pode reabilitar um homem
Que não consegue contabilizar quantas mulheres foram
Enganadas, forçadas a entrar no carro, um Volkswagen
Estranguladas, decapitadas, corpos flácidos para violar
E não há remorso em desmantelar um corpo humano
Agora desconectado de qualquer conexão, e o dela,
E quanto a ela, Ted? Primeiro você disse que não, depois
Disse que sim, apontando para o Parque Nacional de
Capitol Reef, a mais de trezentos quilômetros de onde ela
Foi levada, o que é uma longuíssima viagem. A que profundidade
Ela foi enterrada? E as outras? Centenas? Ela?

Case No. _____
Type of offense _____
Description of evider
_____ _____
Suspect _____
Victim _____

Nome: Nancy Wilcox
Desaparecida em: Holladay, Utah
Raça e/ou etnia: Caucasiana
Idade ao desaparecer: 16 anos
Desaparecida desde: 1974
Agência investigadora: Departamento de Polícia
de Holladay, +1 (801) 468-2204

(93. *)
—
—

PRECISAMOS VER VOCÊ

Momentos finais, deixando um shopping agora extinto
Um casaco de pele na mão, mais tarde encontrado pendurado
No armário de um apartamento alugado para o qual você se mudou
Logo depois que sua mãe faleceu. Comida encontrada queimando no
      fogão,
A mesa posta, uma refeição intocada, um casaco não usado, uma
      mulher
Sem fotografias recentes, que terminou a faculdade e passou
      anos
Trocando de emprego a cada poucos meses, tentando
      desesperadamente
Se encontrar, tentando se agarrar à memória de um
Amor perdido uma década antes, e depois, com a morte da
Mãe, veio também seu próprio desaparecimento. Como vamos
      conseguir
Localizá-la se a última foto que temos do seu rosto foi tirada
Dezesseis anos antes de você ser vista pela última vez? Como
      você
Estava naquele dia?

Nome: Patricia Lee Hesse
Desaparecida em: Rutland, Vermont
Raça e/ou etnia: Caucasiana
Idade ao desaparecer: 34 anos
Desaparecida desde: 1981
Agência investigadora: Departamento de Polícia
      de Rutland, +1 (802) 773-1816

(94. *)

—

—

—

U.S. HIGHWAY 29

Acusado de sequestro e assassinato
Intenção de profanar uma linda menina
Encontraram cabelo no trailer, um
Dos seus brincos, extensões de cílios,
Uma unha humana. Embora ele tenha sido
Acusado pelo seu sequestro, nós ainda
Não temos você, e a u.s. Highway 29
Já presenciou algumas coisas
Mulheres entrando e saindo
Mulheres desaparecidas e outras
Encontradas mortas, um corredor de mulheres
Quebradas, importunadas por perseguidores e
Assassinos, tanto em série quanto amadores
Mais tarde confirmados, nunca confirmados
Ouça o barulho das buzinas de caminhão
Enquanto eles passam.

Case No. _____
Type of offense _____
Description of evider

_____

Suspect _____

Victim _____

Nome: Alexis Tiara Murphy
Desaparecida em: Shipman, Virgínia
Raça e/ou etnia: Negra
Idade ao desaparecer: 17 anos
Desaparecida desde: 2013
Agência investigadora: Gabinete
    do Xerife do Condado de
    Nelson, +1 (434) 263-7050

(95. *)

—

—

UMA MÃE NÃO CONSEGUE SEGUIR EM FRENTE SEM VOCÊ

Os dois filhos dela se foram, um filho que morreu,
E você, que partiu alguns anos antes. É
Difícil para a sua mãe prantear o filho, já que ela
Não sabe onde você está ou o que aconteceu com
Você. Sua mãe sente que alguém está
Com você, alguém que não a deixa ir embora. Ao longo dos anos,
Pistas surgiram. A palavra crime proferida, um
Informante na prisão que gagueja, que derrama suas palavras
Uma fonte de esperança sobre o que aconteceu naquele dia, mas
Que agora diz não saber nada. Por quê? O que há a perder
Quando as barras te servem de janelas, e a luz,
Não há luz que brilhe em uma cela, e por que você não
Pode simplesmente contar a uma mãe todas as coisas horríveis
Que você sabe?

Case No. _____
Type of offense _____
Description of evider
_____
Suspect _____
Victim _____

Nome: Keeshae Eunique Jacobs
Desaparecida em: Richmond, Virgínia
Raça e/ou etnia: Negra
Idade ao desaparecer: 21 anos
Desaparecida desde: 2016
Agência investigadora: Departamento de
      Polícia de Richmond, +1 (804) 646-5125

(96. *)
–
–

OUÇA OS PINOS CAINDO

Às vezes, você escuta os detetives dizerem:
"Esta pode ser a pista que vai colocar o ponto final
No caso", mas o ponto final foi aquela
Noite no New Frontiers Bowling Alley
Um lugar lotado de silvos e baques
Bolas de boliche, latas de refrigerante, pizza
E pipoca com manteiga, e uma menina
Que foi levada embora por um homem
Com rosto marcado de varíola e que possivelmente dirigia
Um Pontiac Grand Am. Ele esbarrou em outro homem,
Batendo no seu peito enquanto se afastava,
E foi aí que esse homem machucado notou
A mão da menininha sendo segurada e
Como ela parecia diferente do homem que a
Conduzia, mas a testemunha não disse nada
Na hora ou por anos sobre o que tinha visto
E então a polícia veio, e depois vieram as
Dramatizações, e então houve alguém
Afirmando ter visto um homem parado
Do outro lado da rua, observando os
Cinegrafistas e atores frenéticos, tentando
Representar direito o que havia sido feito, para
Que então alguém pudesse se apresentar, com os olhos
Estampados pelo que tinha visto naquela noite
E, no entanto, lá estava aquele homem do outro lado
Da rua, o rosto marcado de varíola, que já estivera
Ali algumas noites antes, procurando por uma criança
A pista de boliche acabou sendo demolida.

	Case No. _____ Inventory
	Type of offense _____
	Description of evidence____
	Suspect _____
	Victim _____
	Date and time of recovery___

Nome: Teekah Latres Lewis
Desaparecida em: Tacoma, Washington
Raça e/ou etnia: Miscigenada, negra, indígena
    norte-americana, caucasiana
Idade ao desaparecer: 2 anos
Desaparecida desde: 1999
Agência investigadora: Departamento de
    Polícia de Tacoma, +1 (253) 789-4721

(97. *)

—

—

JORNADA ESPIRITUAL

Ela passava os dias bebendo café em uma cafeteria da
      cidade, escrevendo poemas e confissões no diário
Sem mãe nem pai, ambos mortos, e a faculdade não te
      dava o que você buscava, então um bilhete foi
Deixado para a sua colega de quarto, em busca
      de aventura — não venha procurar,
O destino é fazer trilhas, é o ar livre e é o
      montanhismo sobre os quais Jack Kerouac
Escreveu, em um lugar a centenas de
      quilômetros do Condado de Whatcom,
Washington, e assim você dirigiu com Bea
      ao seu lado, ronronando sua
Canção felina, e você chegou e comprou um
      ingresso para ver <u>Beleza Americana</u>
Então seu carro foi encontrado na estradinha
      de uma madeireira, cobertores e
Travesseiros cobrindo janelas quebradas, seus
      pertences no local, mas você invisível
Você saiu do shopping com aquele misterioso
      desconhecido? O acidente foi encenado?
Seu DNA foi achado anos depois sob o capô do
      carro, e as digitais não pertenciam
A você, a ignição do carro cortada, e as
      árvores ainda conseguem ouvir o
Balançar dos fantasmas de suas roupas,
      pendendo dos galhos.

Case No. _____

Type of offense _____

Description of evider

_____

Suspect _____

Victim _____

Nome: Leah Toby Roberts
Desaparecida em: Condado de Whatcom, Washington
Raça e/ou etnia: Caucasiana
Idade ao desaparecer: 23 anos
Desaparecida desde: 2000 Agência investigadora: Gabinete
      do Xerife do Condado de Whatcom, +1 (360) 676-6650

(98. *)

–
–

O CHEIRO DOS PNEUS QUEIMANDO

O carro ainda estava soltando fumaça quando a polícia o
     descobriu
Um pouco antes, você falou ao telefone com a sua mãe
Estava visitando amigos, e você disse que estava a caminho de
     casa
Uma última ligação para a primeira pessoa. Seu celular foi
     desligado
E eles deveriam ter sido trancafiados, fugiram da prisão
Em um frenesi interestadual de crimes, estupros e a morte de
Alice Donovan, então lá estava você, em uma área isolada de
German Ridge e Haney Branch, quase na fronteira do condado
Os gritos podiam ser ouvidos? As lágrimas podiam ser
     sentidas?
Presa sob a mira de uma arma, e qual o sentido de extinguir uma
vida que não é sua, de sacar dinheiro em caixas eletrônicos,
Dirigindo e experimentando, e finalmente confessar que
Sim, você a matou, e suas desculpas cheiram como a fumaça que
Subia do carro dela naquela noite, e por que você
Ignora nossos apelos? Por favor, conte-nos onde você a colocou.

se No. _____
e of offense __
scription of evic
- - - - - - - - - -
pect _____
im _____

Nome: Samantha Nicole Burns
Desaparecida em: Huntington, Virgínia Ocidental
Raça e/ou etnia: Caucasiana
Idade ao desaparecer: 19 anos
Desaparecida desde: 2002
Agência investigadora: Polícia Estadual da
     Virgínia Ocidental, +1 (304) 528-5555

(99. *)
–
–

RAINHA DO BAILE

Você foi vista pela última vez usando um
vestido azul com detalhes marrons
Flores brancas, um buquê preso por alfinetes ao
seu traje de baile, saiu para
Tomar ar fresco e desapareceu. Na manhã
seguinte, você havia sido
Escalada para discursar na formatura do
colégio, você seria
Dama de honra de um casamento, havia tanta coisa
Planejada para você e por você, mas outra pessoa
tramava
Capturar você, uma borboleta presa no alfinete,
ainda viva, de cores
Brilhantes, voejando sob uma moldura. Onde está
aquele vestido azul?
Você ainda o usa para dançar? Qual foi a última
música que você dançou?

Case No. _____
Type of offense _____
Description of evider
_____
Suspect _____
Victim _____

Nome: Catherine Lynne Sjorberg
Desaparecida em: Concord, Wisconsin
Raça e/ou etnia: Caucasiana
Idade ao desaparecer: 16 anos
Desaparecida desde: 1974
Agência investigadora: Gabinete do Xerife do
Condado de Jefferson, +1 (920) 674-7300

(100. *)

—

—

SONHOS AO VOLANTE

Estudante universitária
Grávida de quatro meses e
Recebendo uma bolsa de estudos integral
Paixão pela medicina
O pai pegou a estrada, impotente,
Quando você passou a perder
Chamadas, reuniões, consultas
Seu carro foi encontrado depois
De rodar mais de mil quilômetros,
Abandonado junto às estradas e rodovias,
Teria sido o homem das estradas
Que acabara de construir
A u.s. Highway 29?
Você nos escuta
Quando passamos por ela?

Case No. _____
Type of offense _____
Description of evider
_____
Suspect _____
Victim _____

Nome: Amber Lynn Wilde
Desaparecida em: Green Bay, Wisconsin
Raça e/ou etnia: Caucasiana
Idade ao desaparecer: 19 anos
Desaparecida desde: 1998
Agência investigadora: Departamento de Polícia
de Green Bay, +1 (920) 448-3221

OUTRAS MAIS

(101. *) Você estava visitando a família e, assim como
muitos adolescentes, talvez achasse
— Chato ficar sentada entre os parentes
— enquanto eles fofocavam e riam, e você
Queria ver um filme, então você saiu
andando até o cinema local
E nunca mais foi vista, assim como as
outras três meninas que saíram
Na mesma hora que você, irmãs de
desaparecimento de um crime que soa
Real. Carlene Brown, Christine "Christy"
Ann Gross e Jayleen Dawn Baker
Todas desaparecidas no Festival de Rawlin,
e talvez elas tenham encontrado
Royal Russel Long, que sequestrou Sharon
Baldeagle e foi acusado pelo
Assassinato de Cinda Pallett e Charlotte
Kinsey, e talvez houvesse outras
Mais. Ele foi liberado, e a justiça alega
falta de evidências. Então vamos
Imaginar quantas mulheres andaram sob as
luzes dos parques e dos festivais,
Noite após noite, sob o olhar depravado
daquele homem. Ele levou alguma delas
Embora entre pipocas e algodão-doce? Será
que pegou alguma na montanha-russa?
Ele morreu na prisão, e agora nenhum locutor
de parque de diversões poderá anunciar
Seus atos desprezíveis por completo.

Case No. _____
Type of offense ____
Description of evider
_____
Suspect _____
Victim _____

Nome: Deborah Rae Meyer
Desaparecida em: Rawlins, Wyoming
Raça e/ou etnia: Caucasiana
Idade ao desaparecer: 14 anos
Desaparecida desde: 1974
Agência investigadora: Departamento do Xerife
do Condado de Carbon, +1 (307) 324-2776

(102. *)
—
—

Deixe-me sentar aqui, vou descansar um pouco
A brisa me faz bem, e vou escutar os
Passarinhos e esticar meus braços
Para o céu. É disso que preciso. Vou
Me sentar, e você pode ir, pode escalar
Até o topo da montanha, pairar no alto do
Monte, e quando estiver
Descendo, estarei esperando, estarei
Por perto. Então você pode me contar
Sobre a vista de Cloud Peak quando me encontrar
Novamente.

Case No. _____
Type of offense _____
Description of evider
_____
Suspect _____
Victim _____

Nome: Celeste Wyma Hensley Greub
Desaparecida em: Condado de Johnson, Wyoming
Raça e/ou etnia: Caucasiana
Idade ao desaparecer: 20 anos
Desaparecida desde: 1976
    Agência investigadora: Gabinete do Xerife
do Condado de Johnson, +1 (307) 684-5581

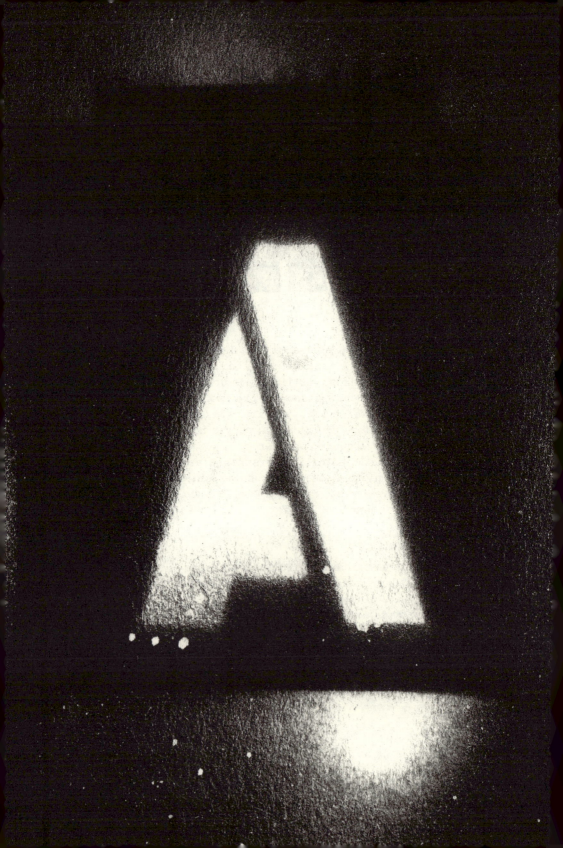

(ESTOU
AUSEN—
TE

(103. *)

–

–

–

UMA MULHER RACIALIZADA DESAPARECE, EM TRÊS ATOS

<u>SUMIÇO</u>

A espera é de
Quarenta e oito horas
Ou vinte e quatro?
Ou devíamos ligar
Agora, gritar o nome dela
Dirigindo pelas ruas
Implorando àqueles que
Vigiam, aos nossos
Sagrados guardiões das
Encruzilhadas, para conjurar
Nossa filha, irmã,
Mãe, avó
Recém-nascida nas
Dobras da sua camisola
De hospital, vestido de noiva,
Uniforme da escola, roupas de
Trabalho, onde ela
caiu, sob a luz

Filtrada de uma fenda em
Um canal há muito esquecido
Minas de ouro abandonadas
Calor radiante, mas você
Disse que ela estava com
O amigo, o namorado, a caminho
Sozinha, andando por esta
Única estrada, mas ela
Não está aqui agora, e ela
Não telefona, e é hora
De gritar o nome dela
Para o universo, para que
O sangue dela possa vibrar
Sabendo da saudade que você sente
Querendo apenas que ela
Entre pela porta da frente, no Natal,
Em aniversários, formaturas
E momentos, e você
Reza para todos os
Santos cujos nomes
Seus lábios sabem pronunciar, e quando
Você finalmente faz a
Ligação para as autoridades,
Elas dizem para você esperar.

CASO

Dizem que ela saiu sozinha
Ela não saiu sozinha
Dizem que ela vai voltar para
Casa, já se passaram meses e
Os jornais não publicam o
Nome dela, a TV não mostra
Seu rosto, a internet cresce
Em irrelevância, e
Sim, detetive, eu liguei
Para todos os amigos dela, e
Ela não é uma fugitiva ou

Qualquer outro desses nomes
Usados para desmerecer o valor
Da vida delas, da vida dela, e
Agora já se passaram anos, o senhor
Ainda está trabalhando no caso?
Talvez possa me dizer algo, já
Faz uma década, e sinto essa
Pressão gelada no ventre
Onde eu a concebi, o senhor quer
Ver uma fotografia da
Formatura dela? Estava tão
Linda, e ela ia me comprar uma
Casa, ela sempre dizia:
"Mamãe, vou dar as estrelas
Para você", e eu respondia:
"No, mí hija, tu eres mi estella".
E agora, à noite, quando ergo os
Olhos para o corpo celestial da
Criação, enxergo apenas o escuro.

CORPO

Você está em uma festa e sua tía te puxa
    de lado e fala o quanto você
Se parece com aquela prima daquela
    outra tia que talvez fosse do
Lado paterno da sua família, aquela que
    desapareceu faz tanto tempo e cujo
Corpo nunca acharam, que pobrecita, ela
    iria ser doctora, estudando até
Tarde da noite, trabalhando até o crepúsculo,
    dividida entre escola e trabalho
Ela nunca dormia, e talvez tenha sido o
    namorado ou aquele outro homem que a
Olhou naquele dia, naquele quarteirão, que
    buzinou e depois deu a volta na
Rua apenas para que ele pudesse sorrir, e ela
    disse que o sorriso dele era cheio de

Dentes afiados e manchas de sangue, e isso
        já faz tanto tempo, não devíamos
Conversar sobre essas coisas, e sim, ela
        tinha sua idade, ela era muito bonita
E sim, que bela médica ela teria sido,
        e a mãe chorava toda santa
Noite, e acharam a mãe dela anos após o
        sumiço da filha, agarrada a uma foto
Desgastada de sol e manchada de lágrimas em que
        a filha usava seu vestido de quinceañera
Morta no chão da cozinha, o coração partido
        em tantos pedaços, e não há mais
Vida que valha a pena viver quando tanto foi
        tomado pelo que talvez tenham sido
Alguns poucos momentos de violação, não suporto
        mais pensar nisso, então vamos pegar
Outra bebida, mas há rumores de que o corpo
        dela foi achado por um coiote em um
Cânion, mas não vamos falar dessas coisas,
        esqueça o quão assustada ela deve ter
Ficado quando foi puxada, enfiada em um carro,
        levada para um lugar que não era sua
Casa, tocada e tomada por alguém que não
        era seu amante e depois descartada,
Esvoaçando no vento feito bandeirinhas de
        oração, sua memória agora unida para
Sempre à das mulheres desaparecidas e
        assassinadas, esquecidas e ignoradas
Nossas mulheres, nossas meninas.

(104. *)

ECO

Escute, você pode ouvir o eco falando
Que não quero morrer desse jeito
Quero apenas ver minha mãe
Quero apenas ver meu pai
Quero ver minha filha
Quero apenas ver meu filho
Por favor, quero apenas viver
Quero apenas ir para casa
Isso machuca, por favor, não
Por favor, me deixe ir...

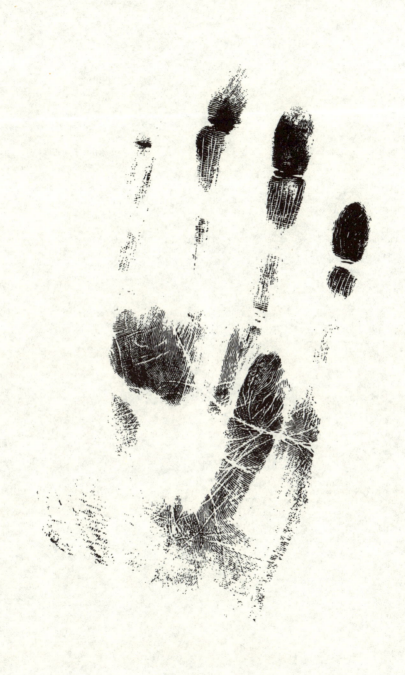

Z P O E M A S

O P D P A R A

A Z X M E N

P Q A F H E X

B G P W U M A

CYNTHIA PELAYO, vencedora do Bram Stoker Award e do International Latino Book Award, é autora e poeta. Ela escreve contos de fadas que mesclam gêneros e abordam temas como luto, dor e violência. Entre suas obras mais conhecidas estão Lotería, Children of Chicago, Forgotten Sisters e Poemas para Meninas Esquecidas na Escuridão, indicado ao Elgin Award e ao Bram Stoker Award. Atualmente mora em Chicago com a família.

DARKLOVE.

"Somos a luz que nos roubam
sempre que uma de nós se perde."
— TONI CADE BAMBARA —

DARKSIDEBOOKS.COM

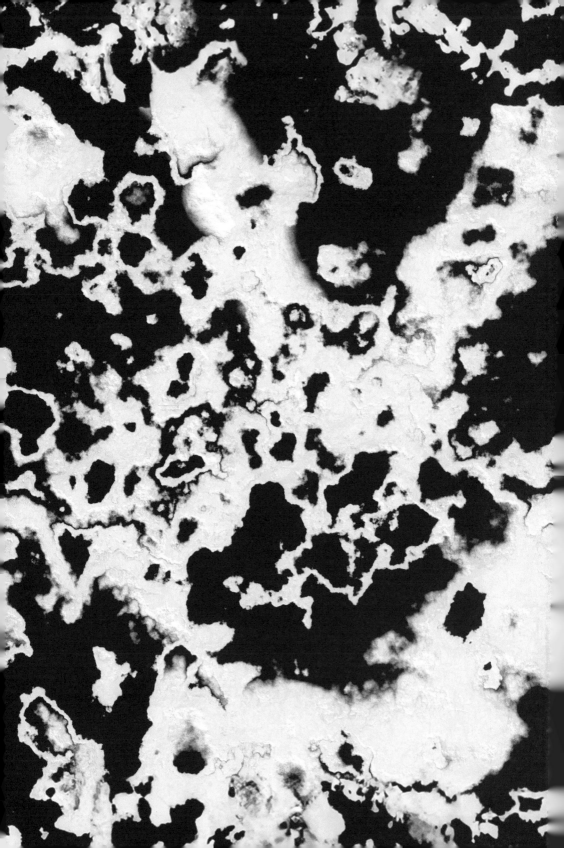